文芸社セレクション

ムジナハウスの店じまい

八木 宇美

YAGI Umi

文芸社

目次

一　ムジナハウスの店じまい

自分が生きることで精一杯で、母親のお祝いなど全く考えもしない娘たちを尻目に、喜寿の祝いを自らが企画実行した元気な母だった。しかし八十歳、ましてや九十歳を過ぎると歳には勝てず、できることが減ってきた。

「今まで言うてた『長生きしてください』っていうのは、みんな嘘か？　わかった。長生きせん方がええというんやな」と九十六歳の母。片手を振り上げ、ほぼ九〇度に曲げた腰のまま、顔をしわくちゃにして怒っている。

「…違うよ…お母ちゃんの言い方は、変やんか…」と壁のほうを見ながら、いつものように口を尖がらせて呟く六十八歳の私。

「黙ってたらわかれへんやろ。どうなんや。なんでいつも怒ったような声で、そんな言い方しかでけへんのや。けったいなんどっちゃ」

「…むむ…大声を出さんと、お母ちゃんは聞こえてないでしょう」

「聞こえてます。ちゃんと聞こえてるんや。あんたも言うだけやったらナンボでもええ言い方できるやろ。返事は、『はいはい』ゆうてたらええんや。ナンボでも言えるやろが…」頭を振りながら言うので白髪がエアコンの風になびいて揺れている。

この日は、冷蔵庫の冷凍食品を早く食べるように言う母と冷凍食品はストックしてあるので、すぐに料理しなくてもよいという私の争いなのだ。食事のことは、任せると言われたからには、いちいち口出しをしてほしくないのに、冷蔵庫の中身までチェックする母にほとほと嫌気がさしてきている私だった。些細なことでも母と子の言い争いが起きている。

この頃目立つ床やトイレのウンチ汚れを指摘しても我関せずと黙秘する母と、厳しく追及しようとする私。トイレのドア開けっぱなしとか、食事前に手を洗わないとか、食べ方が悪いとかで、言い争いになるのは日常のことになってきた。昔と立場が逆転していることはわかりつつも、遠慮のない間柄の親子だから、これは続くのかもしれない。

「騙し合いをしている同じ穴のムジナ二人」の戦争にみえる。私はここを『ムジナハウス』と秘かに呼ぶことにした。言い争いを『ムジナ戦争』と名をつけ、「また勃発や」と茶化しながらあきれ果てている。

母と私で同じ屋根の下に住んで六年。母は五十四歳の時、五十七歳の夫（私の父）が病気で他界した後、娘二人を嫁に出してから三十数年間、一人暮らしをしてきた。

しかし、通院が多くなった母を見かねた長女の私は、母親と同居することにした。初めのうちは、少しの間だけのつもりが、なんと七年目に突入した。私が炊事・掃除・家計のやりくり全般を担う。母は自分の衣類の洗濯・着替え・食事・トイレに行くことは一人でやっている。実際、私と母は老老介護状態になっている。近所には、妹夫婦が住んでいる。そして、妹からすると、二人は、自分よりも年上高齢者の厄介者が起こしている家庭内戦争なのだろう。

「お母ちゃんと姉ちゃんには、二人が寝込んだら即、介護施設に入ってもらうことにするわぁ」って平気で言ってのけるではないか。

私はショックだった。まさか姉の私を厄介者のようにするとは…と。「よーし、母と同盟を結んで妹に対抗しよう。私達は貴方のお世話にはなりませんよ。母と私の二人でやっていきますから」と宣言しようと思ったのだ。心の中で『ムジナ同盟』を結んだ私は母と共にこの妹と対抗することにしたのだ。

何故、介護施設に入ってもらうという言い方をしてきたんだろうかと悲しくなったのも事実だ。しかし、私も母に対しては寝込んだら入所してもらいたいという気持ちがあったので、反省はした。妹も姉から愚痴ばかり聞かされたら、受け止める神経が麻痺してしまったのかもしれない。善意に解釈もしたが……。いや対抗せねばこの気持ちは収まらない。

最初の年、介護についてはできる限りのことをして、張り切っていた私だった。が、同居四年目頃になると、だんだんそれを苦痛に感じるようになってきて、妹にも週の半分のことをお願いするようになり、それからというもの、お互いに愚痴を吐き出してストレス解消を図ってきた。

「家政婦と違うのに、なんでお母ちゃんは命令するんやろ？『しんどいんや』とか言われても、こっちもしんどいんや！」と姉妹で言い合って笑った。

子が年老いた親を見るのが当然だと思っている母は、近所の山田さん宅について「山田さんの娘さんは親孝行や。気難しい高齢のお母さんを在宅介護してはる」と日常茶飯事に言っていた。

「あんたらがそんな態度やったら、財産やらへんわ」とまで言う。父が亡くなった後、財産は全部、しっかり握っている母だから。別にその気はないのに、寂しくなったものだ。

まだ受け答えはしっかりしているのだが、最近はかなり記憶が薄れている。一ヶ月前の事など忘れていて、「前に言うたでしょ」と言ってもちんぷんかんぷんで、頭、首を左右に振って「わかれへん」と言う。ややこしくなると、話を自分の都合の良い方向に反らせてしまう。これは前からそうだったけれど。

トイレや床も汚れが目立つ時が多くなった。汚しても本人は自分ではないと言ったり、知らんふりをしたりする。プライドがそうさせているのだろう。デイサービスで高齢者施設に行って、入浴や運動の介助は受けてはいるけれども、朝食と夕食は家で家族と食べ、家のベッドで眠る、これが理想と思って実行しているようだ。

「私はまだまだしっかりしてますよ。お互いに入所なんかせんと百歳まで頑張りましょ」と見栄を張って、友人に大声で電話をかけている母がいた。

妹は結構シビアで、つれない娘たちの言動に「早よ、死にたいわ」と言う母に、「死にたいんやったら薬もいらんやろ。お守りなんか持たんでもええ」と言い放ち、母の言動に厳しく意見を言う。

「姉ちゃんはお母ちゃんに遠慮し過ぎやから、私が鍛えてあげます。出来ることはやってもらわんとボケるからね。施設に入ったらボケるからと自分で言うてるんやから、在宅でガンガン頑張ってもらいましょう。訪問看護や訪問診療も来てもらうのやし、町内老人クラブのカラオケ会や、生き生きサロンにも、もっと行ってもらいましょ」と言う。この事実を知った時、母も私と同居することの有難さを感じてくれていたのならうれしいのだが……。時たま妹と母の口角泡を飛ばす言い合いはあったようだが、妹は自分が不利になると「では、さようなら」と自宅に逃げ帰るのが常のちゃっかり屋だったのだ。「これが平和維持の一番いい方法」と公言していた。ムジナ同盟も効力なしという状態だった。

やがて母は、加齢に伴う慢性心不全で入退院を繰り返すようになった。そして隙間風の入る古い家屋では冬は寒過ぎるとケアマネさんの強い勧めがあって、九十八歳で、レールに乗った機関車のごとく、あれほど入りたくないと言っていた特別養護老人ホーム（終の棲家となった施設）に入所した。

最初の頃、私達は毎日のように面会に行ったり、持参物のリクエストに応えていたのだが、圧迫骨折の疼痛治療で病院に行くことが多くなって、ついに緩和ケア治療入院をした。治療の甲斐があり、今までの辛い痛みが無くなり、母は子供のように無邪気でやさしくなったが、今思うと認知症が進んでいたのかもしれない。人間こんなに変われるのだと思った。ニコニコしながら童謡を歌ったり、私の下手な落語を聞いてくれて、笑っていないのに「面白い落語やなあ。また聞かせてや」と言っていた。童謡は小さいころ覚えたとみえる一番ばかり、首を横に振って「ここがこの歌のええとこやねん」と、加齢で一オクターブほど低くなった声で楽しそうに歌っていた。

たくさんの友達がいて人との交流を大切にしていた饒舌な母のその影響で、私は普段喋らなくても「うん」「いやや」の返事だけで過ごせたこともあって、口数の少ないぼおっとした少女時代だった。なぜか、父も静寂が好きな寡黙な人だったように記憶している。

そんな母が、令和三年九月に百歳で他界した。三度目の脳梗塞で特養から近くの病院に緊急入院し、治療を受けていたのだが母は苦しむことなく永眠した。痛いところはなかったようだが、よく最後まで頑張ったと思う。妹と私は、そんな母の姿を見てきたので、もうゆっくり休んでほしいと思ったのだった。

コロナ禍中でもあり、家族葬でたくさんの花で祭壇を飾り、好きな歌手だった天童よしみの「珍島物語」の曲を葬儀の最後に流してもらった。父が他界して四六年間、母はごく普通の平凡な主婦だった。母は家族を大切にし、やりたい事をし、ボランティアもして、人との親交を深め、もう、やり残した事のない人生だった。母と同じようには生きることはないが、私や妹はその命は引き継がれていると思っている。母の四歳下の妹である叔母から「姉はいい人生やったと思うよ。これからは、生きているあんたたちが健康に気をつけて暮らしていくことが大事やで」と電話があった。母もきっと、ムジナ戦争にかかわった娘たちを許してくれているだろう。叔母の言葉に涙はふっ飛んだ。

歳を取ったら、自分のことと照らし合わせてわかることがたくさんある。行儀が悪くても物を足で蹴ったり、階段の上から投げて運ぶやり方（この方が合理的だ）。トイレの入り口は開けっ放しが多いこと（間に合わないからと、納得）。毎日たくさんの薬を飲む意味もわかる。薬に頼る生活がわかる（自分もそのようになってきた）。

若い看護師さんに「お迎えを待っている毎日です」と言っていたけれども、それは家に帰ることではなかった。天国からのお迎えだった。歳を取ってからのお迎えというのは、天国からお迎えが来てくれるのを指すのだとわかった。

ちょっと寂しくなった時、母の楽しいエピソードを思い出してクスッとしている。「自転車に乗る時、鉄兜《てつかぶと》（ヘルメットのこと）かぶりなさいや！」と言ったり、カーリング競技のことを「床拭き棒で床を擦るだけやったら私ら年寄りにもできるなあ」と言ったり、花柄の明るいブラウスが好きで、プレゼントされた黒っぽい服を「こんな地味な服、誰が着るんや。明るい服に替えてもらいたいわ」と、九十代の頃言っていたこと。家の中では腰を曲げていても外に出ると心持ち背筋がピンとすること、お鍋を焦がしてよく必死でなべ磨きをしていたこと（私もこの頃やってます）、プッとお尻で返事したり、等等。そんな笑える言動がいっぱいある。

母と口角泡を飛ばす如く子供じみた大喧嘩をしたことを思い出し、ハイテンションになってプロレスラーの威嚇動作でストレッチをしている私だ。

敬老の日に他界するなんて…もう少し待ってほしかった。が、母にとっては辛い毎日だったかもしれない。私達が、「生きていてくれているだけでうれしい。百歳まで生きてね」と言ったものだから辛いながらも娘たちを安心させようと、一生懸命その寿命を永らえてくれたのかもしれないと思うと、申し訳なかったと思う。

母は、私や妹に、暗黙のうちに歳の重ね方を身近で教えてくれたことが、今一番の感謝だ。その背を見てきた私には言ってもらわなくてもわかることがたくさんある。もう、心配いらないから、ゆっくり休んでほしい。

カマキリは冬になるとエネルギーを使い果たして、死んでいくのは自然の摂理で、人間も同じだと思う。私は、生きていくことに関してはもうガツガツしないことにした。

母とのムジナ戦争はできないけど、今は妹に対抗して空威張りの防御で生きている私だ。歳を取っても自分でやれることはして、あちこちが痛くてすでに身体は言うことをきかなくなってはいるが、少しは誰かの役に立てたらいいなあと思って、英気を養っている。ムジナハウスは閉店となったが、老老介護で悩んでる人には相談に乗りたい。その時、「あなたもいずれそのようになることを考えなくてはね」と言ってあげなければ。

二　ろくろく三十六の私と、くし三十六の母

「ただいまー、お母ちゃん」

「あー、お帰り。今日も雨が降らなんでよかったなー」

「うん。そやけど涼しなったなー」

　秋の日はつるべ落とし。夕方の暗くなり始めた我家に入ると、強烈な匂いが立ち込めている。街に漂う、金木犀の香りに（いいなあこの頃は…）とほっこりした気分で、帰宅した私だが。

（また粗相したのかなあー。あー、これだ、ここが震源地だったんだ）

　奥の風呂場に通じる脱衣所を兼ねた廊下に、焦げ茶色の塊がベターッと落ちている。スリッパの裏も震源地だ。練チョコレート様に固まった大便がくっついていた。

　六十六歳の私が、九十四歳の母と暮らし始めて、四年になる。自分の年齢を言うのもおこがましくなり、今では、歳を聞かれると「ろくろく三十六ですよ」と茶化して言うことが多い。それなら母は《くし三十六》。三十六という数字遊びの面で、私と

共通項があるではないか！

母が高齢で、一人暮らしをしているので、大義名分を掲げて私が同居を始めたのは、四年前の六月だった。

父が癌で他界した時、母は五十四歳だった。その後、私は結婚して大阪から飛び出し、妹も結婚して家を離れた。それからの母は三十数年間一人暮らしをしてきた。腰が曲がり背も縮んで一四〇センチメートルくらいの痩せた小柄な老女だが、今もパーマを当てて薄化粧をしている。母は、和裁の内職は続けたが、それまでできなかったこと、つまり、婦人会活動・旅行や趣味の会に水を得た魚のごとく精出すようになった。時には、孫の子守や自分の病気療養もあった。それでも世間並みに、夫に先立たれたが、気丈に生きる女性として九十四歳まで大阪で生活してきた。小さい長屋風で、築八十年のこの家を自分だけの家として使ってきて、三十数年になる。使い慣れたこの家に長女の私が戻ってきて一緒に住むようになった。私が、かつて子供の頃使っていた二階の奥の間を占領するようになってからの一年間は、ちょっとした諍いがあった。それは、私の部屋の箪笥の引き出しに母の衣類があるということで、私の留守の間に母が、黙って部屋に入って来ていたからだ。

「お母ちゃん、やめてくれへん？　勝手に私の部屋に入らんといてよ」

「何ゆうてんの。私の服がタンスの引き出しに入ってるから、取りに行っただけやで。

部屋のもんは何も触ってないでー」

　親子とはいうものの、もう子供ではない私にもプライバシーがある。

「やめてや。勝手に私の部屋に入らんといてや。引き出しのお母ちゃんのものは、全部、下のタンスに入れてもらいます」

　私の日中は、仕事とボランティアと習い事で、留守にすることが多い。私が、帰宅して先ずやることは、トイレに行って、水洗の洋式トイレ内を見回すこと。母の排泄物の粗相が無いかを確かめることだ。ちょっと意地悪なのだけれども、これは本当のことなのだ。母に関しては、日に日に心配なことが増えている。お風呂場の脱衣場のところに汚れがないか、つまり落ちているものはないかという事だ。歳を取るとお尻の括約筋が緩んでくるようで、最近はちょっとひどい。粗相をして着替えようとした時も、落としたことに気づかないでしまうようなのだ。

　妹にこのことを話すと、妹は誕生日のプレゼントに紙おむつを買ってきた。母は、全く使おうとしなかった。押し入れに片付けてある。「外出の時に付けるといいよ」と言うが、付けたためしはない。

　便座の裏も見逃しやすいところだ。食べると押し出しで、排泄物が出てくるようで、食後はトイレに行くのが定番だ。お風呂に入る前に下着を脱ぐとまたこれも出てくるようで、足ふきマットにポトンと落ちている時がある。黙って処理することが娘の私の仕事と思ってやっているが、今日は量が多かった。多いだけでなく床にこびりついていた。この臭いがわからないのかなあ。嗅覚に関してもかなり鈍感になっている。強烈な匂いがしていてもなかなか、わからないようだ。もちろん視力も落ちているので、汚れがわかりにくい。

「お母ちゃん落ちてるよ、ウンチ。よう見てね」

「へえっ…、また選挙やな」

何の言葉も返してこない。誤魔化している。聞いてるのか聞いていないのか知らないふりをしている。新聞を見て話題を変えようと呟く母。これはいつもの母の手だ。私もそういえば、私も、幼い頃にこんなことがあったのだろうなあ。今は親子逆転。私が確認して掃除する羽目に。トイレの汚し具合や日中、座っている居間の机や椅子の周辺のゴミ、台所の汚れ、帰ってから私はそれとなくチェックをする。たいしたことはない時は手早く処理をする。迷ってる時は、心の中で繰り返しているのだが、だんだん怒りが塊になって大きくなって爆発すると、口に出して独り言のように言ってしまう。

「お母ちゃん、気をつけないとあかんよ。他所で失敗したらあかんからね。トイレの便器をよーく見てから出てや」などと、言ってしまう。

あくまでも優しく。叱責はつらいだろうからしない。昔そうしてもらったように、私から母に言う時は、言葉少なにを心掛けている。

多くのことが、逆転になっている。昔は母が私に言っていたことが、今、私は母に言っている。親子関係が逆転してる、現実。仕方がないんだと思う。

自分は、まだ若いと思っている母に閉口する私だが、私も娘や息子に同じようなことを言っているかもしれない。何歳になっても、母から見れば、私はその子供なのだから。老いては子に従えというにもかかわらず、グタグタと説教めいたことを言う母の姿を反面教師にしよう。自分の子供たちには…。

歳を取ると、寒さが一層身にこたえる。でも元気な高齢者に違いないが、肩が痛い、膝が痛い、と強調することも忘れない。痛いところが増えるのは当たり前なので、「九十四歳で、五十肩とは愉快だ」と、私は笑い飛ばしている。私も痛いところがあるけれど、言わないで、我慢しているのだから。

母は、よく食べることが取り柄だが、食事のリクエストも多い。

先日の祝日の朝、仏壇に向かっている私に、

「今日、暇やったら、カラオケボックスに連れて行ってやー」と言う母。

「無理無理無理、やることいっぱいあるから」と私。

「そうかぁ。カラオケクラブで新しい歌、おぼえたんやけどなー」

多分、みんなに聞いてもらい、カラオケ歌い方チェックで、得点がどのくらい出る

か確かめたかったのだと思う。これでも我慢しているのだろう。昔はもっとよく喋っていた母。

生前の父は、ある期間、母とうまくいっていなかったように思う。無口な父は私と同様に、母がよく喋るので、鬱陶しく感じる時が多かったようだ。私が帰宅すると、母は、矢継ぎ早に喋り始める。私はラジオの放送を聞きながら夕食を作っているし、台所の調理音のほうが大きくて、母が居間で喋ってることは、ほとんど聞こえないのだ。

七人兄妹の上から三番目の母は、小さい頃から、多分、よく喋っていた女性だったと思う。自分の妹たちに指示、時には命令もよくしていたのだろう。できる範囲で一生懸命振る舞っているはずなのだが、それがかえって一緒に居る人を鬱陶しくさせているのに気づいていないのだ。母は模範生だったと思う。つまり上からの命令には、逆らわないで、無理をしてでも努めようとする。おかみや役所の指示には、反対することはいけないと思うことが多い保守的な昔タイプの女性だ。私はそれがいやで、若い頃はよく反発して、早く親元を離れようと思ったものだ。遠い所に嫁いだ理由もここにあった。

たまに、今後の自分の目標を聞かれる時があるが、私の場合は、即答できない。母娘で健康に暮らすこと。それ以外の事は、ちょっと恐ろしくて考えられない。

友人からは「考えておいたほうがいいよ」と言われる。母の亡き後のことは、口に出してはいけないことだ。今のところはこれで十分だと思う。母が身の回りのことは自分でして、トイレもお風呂も、介助なしにできるので、ありがたいと思わなければいけない。そして母の生活ぶりを見ることは、自分の将来の姿を暗黙の裡に示してくれているのだから。

母は、高齢者施設には、絶対に入らないと言う。週二回デイケアのリハビリ、鍼灸院・病院通い・カラオケの集いが日課で、毎朝三〇分ほど散歩している。この家で一生過ごすのだと言う。施設にはお見舞いなら行くけれど、と年下の友人のお見舞いには、時々行っているようだ。この気丈さが母を支えているのだろうか。

私は能天気なので、「あなたの考えは甘い、幸せな人だね」と友人から、皮肉を言われることもある。しかし、自分なりにできる範囲で、人様に迷惑をかけずに、できることをして暮らそうと思っている。

私は、両親にはいろいろと心配をかけていた。デモに行って汚れた服装で帰宅した私に、何も聞かずに温かいココアを出してくれた母には感謝している。だから、今は、子供に戻っていく母が元気な間は、今の生活パターンで過ごすことが自分のできる最大限の生き方だと思っている。

三　三人の九十五歳

子供の頃に一緒にお風呂に入っている時に見た、白くて形よく膨らんだ母のおっぱい。

「お乳《ちち》は小さい方が楽でええわ〜。大きい人は肩凝るみたいやで」という白いそれは、もう無かった。

今日三月三日は、訪問看護の日だ。介護2の認定を受けている九十五歳の母は、入浴が終わり、バスタオルを肩に背負うようにして、ヘルパーさんと一緒に居間に入ってきた。脱衣所は寒いので、居間で着替えるというのだ。ベージュ色の皮膚と少し浮き出たあばら骨。たるんだ皮膚の上に貼りついた干しぶどうのような乳首が付いている。骸骨のような干からびた、O脚の足。お尻は、肉が無く皮膚が真ん中に垂れ下がっている。その形相に、私はぎょっとした。そして、かれこれ六〇年の歳月を重ねたことを再確認し、見てはいけないものを見たような気持ちになり、目を閉じたのだった。

私と妹が成長してからの母は、裸の姿を私達に見せたことがなかった。これまで、私は頼まれて背中に薬を塗ったり、湿布を貼ったりしたことはあった。また、入浴時も背中こそ見せはしたが、全身の裸体は私達にはさらさなかった。いつもは、カーテンで仕切った洗濯機横の脱衣所で着替えをしていた。しかし、今日、私は、年老いた母の姿を目の当たりにした。

花山さんのお母さんも九十五歳。旦那さんが若くして亡くなってから女手一つで五人姉妹を育てたという。なので今でも、介護保険は使わず、身の回りのことから生活一斉を一人でやっているという気丈なお方だ。しかし最近は排泄の対応がうまくできないで、時々失敗があるそうだ。本人は黙っているのだけれども周りの人がハラハラしているのだという。花山さんは、今はリタイアして専業主婦だ。お母さんは、東大阪市で、一人住まいをしている。

川内さんのお母さんも九十五歳。長男と一緒に二世帯住宅に居住していたが、最近、夜に悪い夢を見て騒いだりするようになったという。足腰の痛みもあるので、介護2の認定を受けている。長男のお嫁さんから施設に入ってもらえないかと言われたのだという。川内さんは三人兄妹の次女で、一人暮らしのキャリアウーマンだ。川内さんは、三月中旬から、金・土・日曜日は自宅にお母さんを呼んで泊まってもらうことにしているのだ。

私の母、花山さんのお母さん、川内さんのお母さんも大正一〇年生まれの九十五歳だ。母親と同居しているのは私だけだが、三人に共通しているのは、同じボランティア仲間ということと、介護に関するストレスのはけ口がほしい女性ということ。最近、嫌なことを吐き出せる穴が欲しくなっている。つまり、『王様の耳はロバの耳の介護愚痴バージョン』だ。

最初、介護についてはできる限りのことをし、身を粉にして張り切っていた三人が、だんだんそれを苦痛に感じるようになってきている。夕方、裏庭に行って、嫌なことを言ったり、スマートフォンに向かって叫んだり、日記に殴り書きをしたりと、それぞれが愚痴を吐き出してストレス解消を図っている現状だ。

「てやんでぇー、家政婦とちがうでぇ。なんで命令するんや？　しんどいんやとか言われても、こっちもしんどいんや！」とか何とか…。

私の母、九十五歳。腰が曲がってはいるけれどいつまでも元気だと思っていたが、その母もついに、二月二十一日入院した。

病名は慢性心不全。近所にある総合病院に七日間検査を兼ねた治療ということで入院した。加齢によるもので、退院後は普段の生活に戻っていいと医師に言われたのだが、本人の気力がついていかなかった。そして、足腰が極端に弱くなったようなのだ。入院中に優しくされたので、やってもらうのが当たり前のように思ってしまったところがあって、一人でできることが極端に減ってしまった。

心身共に子供に戻ったようなところもあって困ったものだ。

歳を取ると子供に戻るというが、本当にそうかもしれない。自分のことしか考えられなくなるのだろうか。家族としては朝・昼・晩と三度の上げ膳据え膳も大変だし、毎日のように家の中に人の出入りがあるので苦痛だ。

ケアマネージャーの松本さんには感謝している。母の退院後は、家族との話し合いをして介護用品を借りたり、介護についての一斉の相談・調節をしてくださり、スケジュールも決定した。

月曜日、訪問看護と入浴。

火曜日、訪問リハビリ。

水曜日、半日デイサービス。

木曜日、月に二回の訪問診療と、月に三回のご近所老人会のカラオケ。

金曜日、一日デイサービス。お風呂に入って、たまにヘアーカットをしてもらう。

土曜日、訪問鍼灸治療。

日曜は、母にも私にもやっと自由時間の日。

私の母は父が他界し、二人の娘が結婚してからの三十数年間は、一人暮らしをしてきた。母が九十歳になり長女の私が母と住むようになった。

私がこの頃嫌だなと思うことは、自分が歳を取ったと思うことと、母が退院後変わったことだ。母は以前のように化粧をしなくなった。髪もとかさず、毛糸の帽子をかぶって髪の手入れを省き、手や顔も洗わなくなった。邪魔臭いと言う。リハビリパンツをもっと頻繁に交換するようにと思うのにしない。多分二日に一回の割だと思う。匂いがするから交換してほしいというが、もったいないし邪魔臭いんだと言う。私が注意すると怒るし…。大音響でテレビやラジオをかけているし、家の中でもドスドスという音を立てて杖を突き、よたよた歩いているのは見ていられなかった。足腰が衰えてきて、杖がないと歩けないのだけれど、口は達者で、喋っているのを聞くと自分中心でまた腹が立ってくる。

「デイサービスに行くときに切り花をもって行くわ」と言う母。それは、庭の花を切って持っていけるように包んでおいてほしい、ということなのだ。「もらったカステラ、早よ食べんと賞味期限切れるでぇ」ということは、あのカステラを食べたいなあ、適当な大きさに切っておいて、ということなのだ。相手を思いやる気持ちつまり今はやりの『忖度《そんたく》』が欲しいということか。

口ばっかり達者の母が嫌だ。「中国どうなってんの。韓国も大変や」とか言うけど、新聞のニュースくらい読んでるからわかってるよ…押し付けられるのは、嫌だ。嫌だ、嫌だ、イヤだ。家から出て行きたいけど出られない。母を放ったらかしにはしないよ。子供が年老いた親を見るのが当然だと思っているので、それも嫌だ。ありがたいと思ってくれてるのだろうか。あの態度は嫌だ。

しおらしくないところが嫌だ。反発するところが嫌だ。認めないところが嫌だ。同じことばっかり言うのが嫌だ。

四月二日から四日まで孫がお見舞いに来るということで、母は張り切っている。庭に出て菊やシャコバサボテンなどの手入れ。十一時ごろには家の中を歩いていて、自己リハビリをしている。もう自立してもいい時期ですけれども。まったく頼られている私は家政婦ではないんですから命令されてやるのは嫌です。

その母と夕食を向かい合って食べている。それまではテレビを見ながら食べていたのだが、今回介護ベッドを置くことになったのでこれまでの大きな座卓は邪魔になり、部屋の模様替えを余儀なくされた結果このようになった。かなり息苦しくて嫌だが、母の若いときの話、特に戦時中の大変だった頃の事、和裁の事、新婦人会の事等を聞いてみようと思っている。

母は桜が咲くようになると、張り切りはじめた。暖かくなり、気持ちが明るくなってきたのだろうか。薬の服用や着替えも時間はかかるが一人でするようになってきた。毎日の日課を確認しながら、母も自立できそうだ。

花山さんと、川内さんへの伝言。

「あんまり頑張りすぎると疲れますよ。手の抜けるところは抜いて、行政に頼めるところは頼むようにしてください。介護する人が倒れたら何にもならないから。心を鬼にして、と言うよりも割り切って、花山さん、川内さんご自身の毎日の生活を優先してください。お母様方の介護は、先の見えない仕事のようなものだから。私も、しばらくの間封印していた趣味のコーラスや、落語も再開することにしました。ボランティアはずっと続けていきます」

四　母の老健入所

老健とは、介護老人保健施設の略である。これは、介護を受けながらリハビリなどをして在宅復帰を目指す施設で、三ヶ月～六ヶ月程度の一定期間で退去することが前提なので、終の棲家とはならない。

母は、五月半ばに脳梗塞をおこし、近くのS病院に入院した。集中治療室で約二週間過ごし、一般病棟へ移った。そのときは、ベッド上で自らの意思で体を動かすことはできず、今日が何月何日で、先ほど何を食べたかも認識できなかった。この時、介護認定の審査があって「要介護5」の最高レベルだった。

その後S病院系列リハビリ病院に移り、約八〇日間は、一日四回の懸命のリハビリを続けた結果、杖を使って歩くことができるようになり、認知面もかなり回復してきた。トイレにも車椅子で行き、介助があれば用を足すことができるようになった。まだらに記憶は薄れ、とんちんかんなことも言ったが、九十七歳にして驚異の回復であった。

しかし、「肩や腰が痛いし、こんな体になってしまって…。早くお迎えが来ればいいのに…」と言うようになった。私は困ってしまい、若い看護師さんにそのことを再三伝えたところ、これが、天国へのお迎えでなく、自宅からのお迎えと間違って受け取られたようで、主治医から、

「退院を希望されているなら、退院してもいいですよ。自宅で動くことがリハビリにつながりますから」と言われて、「もう少し入院を続けてリハビリをお願いします」の家族の悲痛な声も虚しく、退院の運びとなってしまったのだ。

　母は、トイレでの排泄は介助が必要なのだ。それに昼夜構わず二時間ごとの『トイレ介助お願いしますコール』で、深夜勤務の看護師さんたちを困らせていたことも事実なのだ。これでは、自宅に帰っても私や妹が四六時中付き添えるわけはなく、対応できないのは目に見えている。十一月上旬まで入院しておくことができると聞いていたので安心していたのに、九月退院とは早すぎるではないか…と、少し複雑な気持ちになり、担当のケアマネさんに相談した。ケアマネさんが自宅近くの特養・老健・デイサービスを兼ね備えたD施設で、ちょうど空きが出たので、入所してみますかと言ってくださったのだ。そこは、入院前まで母がデイサービスでお世話になっていたD施設で、母も喜んで承諾してくれたので手続をお願いすることにした。

　八月二十九日水曜日、手続き。午前九時過ぎ、D施設荒木さんとS病院ケースワーカー岡林さんに連絡。岩井主治医から退院許可がおりたという事をうかがう。退院日

は、九月上旬から半ばの間になるとのことで、自宅に帰らないで、直接D施設に行くことにしてもらった。D施設は、職員さんがとても一生懸命動いてくださって、ありがたい高齢者施設です。

母がここ数年、デイサービスで行っていた所に、今後は、ロングステイということになりしばらくは、お世話になることになった。

叔母（母の妹）への手紙

先日は、猛暑の中を母のお見舞いに着ていただきありがとうございました。いろいろご心配をおかけしていますが、九月七日、母はS病院を退院し、D施設に入所いたしました。家族の諸事情で母にはしばらくの間、施設にいてもらうことになります。これが家族にとって一番良い選択なので我慢してもらいます。申し訳ないと思いながらも、ここD施設なら安心だと思っています。

母は、少し認知症がかってきているので言うことがちぐはぐになるのですが、私たち家族も温かく受け入れるようにしたいと思っています。

九月十六日、施設で「敬老の集い」がありました。式典の後、お楽しみで職員さんの『遠山の金さん』の演劇があって、とても面白かったです。手作りの鬘をつけて、寝巻や洋服などを上手に着物に仕立てて、背景もちゃんと作っての演劇です。素人演劇なのですがそれがまた面白くて、お年寄りの皆さん、家族も、手を叩いて喜んでおられました。私たち家族も抱腹絶倒でした。職員さんとの相性も良いようで、母の様子を見ていると、ここなら安心だと思ってしまいました。

妹へのメール

九月二十七日（木曜日）。お母ちゃんが、「ここに入ってから、私、元気無くなってきた」と言うので、ショックです。

「何もやることとない。リハビリも日に一回しかしてくれへん」と言うのですが、病院着で毎日過ごす病院と違い、施設では、朝の着替えをして朝食、という風に生活している毎日が、リハビリなんだよと言っているのに理解できないのです。病院ではないので、リハビリ四回も無いのは当たり前です。

やることがないというのでやれそうなものを持っていったのです。

でも、「編み物できない、折り紙できない、携帯できない、本や新聞を読むのはしんどい。部屋のテレビの付け方を聞いてもすぐ忘れる。みんなと一緒には見たくない。私は他の人たちとは違うから…。カラオケかハサミ将棋か百人一首やったらできるんやけど…」と、ちょっとプライドが高すぎて、困った人の部類に入るんではないかと思ってしまいます。唯一、ガーガーザーザーと雑音のはいったラジオをベッドで横になって聴いているようです。楽しみがないんだよね。
時には、タオルの洗濯物たたみなどの簡単な仕事を手伝うようです。我慢してもらうしかないなぁと思ってます。私としては、面会でS病院に行くよりは、D施設は、自転車で五分と、とても近いので大変助かってます。

妹から私へのメール

明後日の九月三十日、台風が来そうなので、それも大型で非常に強い台風と言われているので、とても怖いです。二階の窓の東側、雨戸がないので、ちょっと心配ですね。家の中から窓に割れないようにテープみたいな物を貼っておく方がいいかなと思うけど…。
この間の台風二十一号よりきつかったらかなり物が飛ぶと思うのです。それから、今日、お母ちゃんのところに行ったら、カラオケをデイサービスの人たちと一緒に出来たと喜んでいましたよ。良かった。

私から妹へのメール

台風一過、前回のような甚大な被害がなくてよかったね。風が強くて、家が揺れたらどうしようかと思ってました。空き地の草花も大丈夫でした。ただ、私が大事に育てている皇帝ダリアが、台風襲来前の雨で、二日前に折れていたのでした。根元からだったのでやっぱりダメだったみたい。すでにシナッとなって枯れそうになっていました。残念ですが仕方がありません。まだ風が残っているので、枝がまったりしてますが、これ以上は、折れないと思っています。皇帝ダリアは私の人生の模範なんです。葉っぱは伸びすぎると自分で下枝を落としたり、バッタの餌になります。秋の終わりに、空に近いてっぺんに涼しげな花を咲かせ、一年が終わると潔く朽ちていく。また、春になると元気よく伸びはじめる。

お母ちゃんは、まだらボケだよね。九十七歳だからね。自分の主張はするんだけれども覚えてないことが多いので、ちょっとガックリきてしまいます。そこを、上手に対応しなければいけないのに、なかなか上手にできない私です。反発しないで、「はい、はい」とか言ってあげなければいけないのにね。できてないんです私。クイズの本を読んでも、なかなか覚えられないようです。それでも九回、十回とできるまで繰り返す意欲は、すごいです。

妹からのメール

お母ちゃんが寂しがっているようなので、友達の安井さん（九十歳）宅に行ってD施設に面会に行ってもらえませんかとお願いをしたら、すぐに行ってくださったようです。お土産に、みかんジュースを持ってきてくださいました。喜んでいましたよ。十月七日は、D施設の文化祭なので、私・子供・孫の十一人で行く予定です。姉ちゃんは、先に行っておいてくださいね。お母ちゃんは、「たこ焼きを食べたいんや」と楽しみにしていましたよ。

私から妹へのメール

お母ちゃんは、文化祭の疲れもなく元気でしたので安心してください。昨日は文化祭に大勢で来てくれて、ありがとう。私の家族は遠いので無理だけど、山元家は仲良し一家だし、動員をかけるとすぐに集まってくれるからとても助かりますよ。

今日は、面会の帰りしなに、お母ちゃんが、いただいたジュースを職員さんに渡して、次のことを頼んでほしいと言われました。

①デイサービスのカラオケに（週一回くらい）参加させてほしい。
②肩が痛いので、時々電気（赤外線）を当ててほしい。
③脳トレをしてほしい。

このことを紙に書いて介護福祉士さんに伝えておきました。介護福祉士さんは申し訳なさそうに、「日頃努力しているんですが、なかなかうまくいかないのです」と、おっしゃっていました。

妹からのメール

十月十日、今、D施設です。

お母ちゃんが、私の顔を見るなり、まくしたてたのです。

「昨夜、目が電光石火のようにピカピカ光って目が見えなくなりそうになったから、今からすぐに病院に連れて行って！」と。

職員さんが、その時間帯に診察している近くの若松眼科医院を教えてくれて、車椅子が乗る施設の車を出してもらって行ってきました。目の瞳孔を開いての検査や眼底検査もしてもらいました。結果は、『異常なし』でした。以前に白内障の手術をした左目は、〇・七まで見えていたし、右目は弱視ながらも両眼で見たら結構見えているとのことでした。何だったのでしょう。目やにが気になるとのことで、目薬を処方してもらいました。

一階の喫茶コーナーで施設の友達とコーヒーを飲んだとのことです。そんな風に楽しめばいいよね。

私から妹へのメール

きのうはお疲れ様でした。お母ちゃんに、「今日、目はどう？」と尋ねると、目のあたりを触って、もぞもぞ聞こえない声で何か言ってました。多分、大丈夫でしょう。でも、肩が痛いと言い始めてます。

妹からのメール

十月十六日。今日私が行くなり、「右肩が痛くて眠れなかったので、病院に連れて行って！」と言われました。職員さんに相談したら、今日は医師も来てないので、家族さんが病院に連れて行ってほしいとのことでした。お母ちゃんを車椅子に乗せて私が押して、家の近くの整骨院に行って施術してもらいました。電気を当ててテーピングしてもらいました。痛み止め薬は施設に来てくれる内科の先生に言うと貰えますよ、とのことです。

面会に行っても、することないから、これから、週二回お母ちゃんを整骨院に連れて行くようにします。

私から妹へのメール

お疲れ様です。私にだったら言えないことも、由美子には言えるから、良かった。でも、精神的なものかもしれないよ。

私だと、もっと痛い思いの人が世の中にはいっぱいいて、我慢しているんだよ。例えば孫の明子は、難病と闘っていて、モルヒネの湿布をしてこの頃は微熱と頭痛で体を横たえて暮らしているとか、智子おばちゃんも股関節の手術をしたばかりで痛みに耐えているし…。事実、私も腰や腕が痛くて通院している現状なのだから。

口を開くと痛い痛いしか言えないのでは、外泊もできないよ、ときついことを日頃から言っているからかもね。

私から妹へのメール

こんばんは。本日、十月二十七日（土曜日）。男性の職員の山本さんに言われたんですが、昨夜は、頻繁な時は二〇分に一度コールがあったそうです。肩が痛いとか、トイレということで。小豆の温湿布もしたのだけれど、痛みが取れないので眠れなかった、と言われたそうです。でも、昼間眠っておられるようですとのことでした。

それで私の方からお母ちゃんに少し我慢したらと言ったんだけど、「痛いから呼んでなんで悪いの？」と怖い顔で言うのです。週に二回整骨院に連れて行ってもらってるし痛み止め薬も飲んでるんだからと言うのですが……聞く耳を持たないようです。

私は、「お母ちゃん、あんまりそんな言われると私、来るのが嫌になるよ。私らみたいに毎日のように面会に来てる家族は、少ないみたいやで。従妹のたか子ちゃんは、おばちゃんに会いに行くのは、週一回か二週間に一回だそうよ。私らはお母ちゃんが入院してから、毎日会いに来てるでしょう。今日で、百六十七日目やで。由美子にも、せっかく、整骨院に連れて行ってもらっているのに、痛い痛いばっかり言わんといてほしいな」と言いました。

痛いのは脳に刷り込まれていて、どうしようもないようです。痛み止め薬も効かないのですから。

「痛いから、痛いと言うてるねん。なんでそんなこと言うんや。そやけど、来てもろてありがたいと思てるよ。整骨院は行かんでもええから、鍼灸治療院の先生に訪問診療来てもらったほうがいいと思ってるんや。言うてくれるか？」

もう、自分勝手で、気持ちは子供に戻ったとしか言いようがないよね。手続きも大変なのにね。介護士さんが「お母ちゃんは、昼間寝ていて夜眠れなくなるので、昼間は体を動かしましょうと言ってくれていたよ」と伝えると、私は絶対眠っていない、横になっているだけだと言い張るので、言うのやめました。

今日は夕食の時にデイサービスで知り合いになった中村さんという方と三〇分間くらい、話ができました。この方は、しばらく居るそうなので話し相手ができてよかったなと思ってます。その方は八十代で三味線を弾いているんだそうです。そうするとお母ちゃんも「私の家にも三味線があって楽譜がある」と言い出しました。まだ、三味線ありましたか？　まぁちょっと今、弾くのは無理だと思いますが。何か楽しみがあるといいなと思います。カラオケができるのなら、部屋で歌を歌ってたらいいのではないかと言ったのですが。

お母ちゃんは今、脳トレで、計算をしたりしていると言いますが、そんなに長い時間は、してないと思います。プライドだけは高いのですよ。あんまり眠れないと言うと睡眠薬を処方されることもあるよ、とちょっと脅かしましたよ。

それから携帯電話の請求がまた来ていたんですが、お母ちゃんはもう使えないので、どうするのか聞いたら解約してほしいということでした。

妹からのメール

三味線、私の家にありますが、お母ちゃんはもう弾けません。せっかく整骨院に行ってるのですが、あまり効果はないようで、本人は、鍼灸治療が一番とか言ってますね。

この間は、様子を見るように言われたので、十一月になったら、相談しましょう。内科医の同意書が必要なので、書いてもらわないといけません…。面会に行ってもすることないので、今後は、暇潰しに行けるときは、整骨院に連れて行きますよ。

映画と現実の差

介護・看護などのケアにかかわる仕事をしている若者を主人公にした映画を見る機会があった。認知症の高齢者とうまくコミュニケーションが取れるように日々悩みながら努力を惜しまない、という感動の映画で、影響力があると思ったが、綺麗事でお涙頂戴風に作られていて、現実はこんなものではないと思った。認知症の方々は、映画の中では可愛く綺麗に描かれている。施設に行くと現実はそうではない。舌を出しっぱなしでうつろな目のおじいさんとか、怖い顔でいつも睨んでいるようなおばあさんとか、ほとんど意識がなく貧乏ゆすりが止まらないで職員さんに抑えられているよだれを垂らしたおじいさんとか、食事の時は丼鉢のような入れ物にご飯もおかずも、お汁もみんな入れて混ぜてから食べているおばあさんとか。トイレのにおいもひどい時があるし…。

実際、トイレのお世話をしてくださっている方には、感謝の気持ちでいっぱいだ。赤ちゃんのお尻をふいたり世話したりは楽しみもあるが、年老いた母のお尻は茶色の皮が垂れ下がった、得体のしれないものに触れるような感じなのだ。アンモニア臭や、ウンチの臭いもするし、それが二時間毎では、たまったものではないだろう。家にいるときは、部屋にもウンチがおちていたことがあって糞尿まみれも現実なのだ。綺麗事ばかりではないのだから。

映画では、綺麗なおばあさんが天使のようにこの世を去っていく場面が描かれて、涙している方もいらっしゃった。家族が認知症のお年寄りを理解する過程がすんなり受け入れられたように描かれていていたが、これは現実ではないと思ってしまった。実際の介護の場ではもっとストレスが溜まり、大変なのだから。

「あなたは、リタイアして年金をもらい、仕事もしていないのだから、家でお母さんを介護すればいいのよ」などと私に言う友人がいるが、とんでもない。一日一緒にいるだけでこちらまで病気になりそうになる。よほどの仁徳の備わった人でないとできないと思ってしまう現実なのだから。これを仕事と割り切って手伝ってくださる方々に感謝である。

何もできない私だが、母のところに面会に行ったときは、果物やアイスを持っていったり、できるだけ一緒に本を読んだり、歌を歌うようにしている。来月から月に一度、デイサービス会場で、南京玉すだれとみんなで歌おうコーナーをボランティア担当させていただくことにした。勿論母もデイサービス会場に来させてもらうことを前提にして。

どうしようもないけれど、また、逃げることもできないので、できる範囲でのケアをしようと思う。母は、人が最期をどのように生きればいいのかを身をもって教えてくれているのだと思う。

五　母の特養入所

「みなさんこんにちは！　ペンギンクラブのピーです。風邪などひいていませんか？　さあ、平成最後の十二月十二日、『みんなで歌おう』の始まりです。今日も懐かしい歌、思い出の歌をたくさん用意してきました。短い時間ですが大いに歌って楽しみましょう！　最初は、身体慣らしの歌体操でーす」

満面の笑みとテンション高く大声でキーボードを弾きながらマイクに向かっている私。ここは、D施設のデイサービス会場だ。椅子に腰かけた四十人ほどのお年寄り。車椅子の方も数人。私は、キョロキョロと車椅子に座るお年寄りの顔を確かめていた。母の顔が見えない。前回は最前列に来たのに、今回は遠慮したのかな？　今は、みんなと一緒に歌うことが唯一の楽しみの母のために、私が音楽ボランティアをD施設で始めたのだから、母には是非、居てもらいたいのだ。

童謡唱歌、そしてクリスマスソングも終わり、懐メロコーナーだ。『君の名は』という懐メロが始まった。ここで、母の声がマイクを通して聞こえてきた。私はほっとしてキーボードを弾く指に力を込め、右足で自然にリズムをとっていた。

母は身体の痛みが和らいだからこそ、このデイサービス会場に連れてきてもらえたのだろう。良かった良かったと安堵したものだ。

親友テッコへのメール

平成三〇年十二月十三日。平成最後の十二月になったね。星が綺麗に見える夜です。しばらく眺めてみたんですが、双子座流星群の流れ星は、私には見えなかった。でもね、こんなに綺麗に星が瞬くなんて…、冬の星空は一見の価値がありますね。

テッコ、十一月二十七日、前触れもなく、突発性心筋梗塞で亡くなったあなたの旦那さんもこの星の一つになったのですね。この間まで寡黙な旦那さんの愚痴ばかり聞いてたので、亡くなられたなんて、信じられないです。旦那さんの口癖の「ぽっくり死にたい」が現実になったような過酷な現状に、戸惑いを隠せずにいるというあなた。今、いろいろな手続きで忙しいでしょうが、冬の夜空、星が瞬いて綺麗だよ。

テッコ、いつも私の愚痴は、母のことだったんだけど、今日ばかりは愚痴ではなくて、泣き言になってしまったよ。

十二月一日から、母は、D施設の特別養護老人ホーム入所となりました。要介護5という数値がものをいったのか入所希望者百人待ちのこのD施設に入所することができました。違うのは書類上の対応と利用料金などで、これまでの老健《介護老人保健施設》の時と部屋も生活も全く同じです。有難いことです。

五日朝、ベッドからポータブルトイレに移動する時に尻餅をつき、かつて圧迫骨折骨した骨が神経部分に触って身体中が痛くて動けないみたいです。

どうにか「みんなで歌おう　十二月」のデイサービス会場に車椅子で連れてきてもらって参加したのだけれど、滞在時間二〇分間くらいでした。

職員さんから、「お母さんは身体中が痛くて座っていられないからとのことで、部屋へお連れしましたよ」と告げられたのです。途中退場した母が心配になった私は、この音楽ボランティアが終わってから、五階の母の個室に行きました。母はベッドに横になって顔を歪めていました。

「歌の会、よかったよ。そやけど、私は、体が痛うて座っていられへんかったから、部屋に連れてきてもろたよ。痛い痛い、体中痛い！　早よ楽にしてほしい。安楽死させてほしい。痛い痛い痛い！」と。

母のためにこの音楽ボランティアを始めたのでしたが、仕方がないです。『君の名は』を歌う母の声がマイクで聞こえたときに、あ、母も歌ってる良かった、と思ったのですが……。

こんな気弱な母を見ていると、今までの愚痴はどこかに飛んでしまって、哀しくなってしまいましたよ。母が、いつも側にいてくれたことが幸せだったのに、これまで、その優しさをも、煩わしく感じていたのだと、自分が情けなくなってしまったんです。口喧嘩できることも元気な証拠だったのです。テッコが旦那さんの空気みたいだった存在を今になって有難かったと感じるのと同じなんだね、きっと。

「また来てや」と言って差し出した母の手の指は、変形し血管が浮き出て、しわくちゃの骨と皮でした。家の農業を手伝い、たくさんの着物を縫い、婦人会活動もしながら私達を育ててくれた母。涙が溢れそうになりました。何かしたい、年末年始には自宅に帰ってもらおう、少しは優しくしたいと強く思いました。

テッコのお母さんは九十四歳だったよね。テッコは、今年の年越しは一人暮らしのお母さんと一緒にするんだってね。良かった、良かった。

私から妹、由美子へのメール

十二月六日　午前十一時五十分ごろ、D施設の山本さんから母のことで電話がありました。「お母ちゃんが、朝、トイレに行こうとしたときに尻餅をついたので、そのことをお知らせしておきます」という伝言でした。「異常は無かったのだけれども、一応、お知らせしておきます」と。私が、面会で今日行くことを伝えると、その時にまた詳しくお話をしますとのことでした。
また、夜眠れなくて最近多い時には、夜間三十回ほど、ナースコールするという母に、お医者さんと相談して薬を変えるようになったそうです。夜眠れないと体力は消耗し、日中もイライラしてしまうのです。今までは安定剤のみでしたが、頓服的な入眠剤も服用してみるとのことで、行った時に話を聞いてきます。

親友、テッコへのメール

ちょっと聞いてくれませんか。十二月四日の『いとこ女子会』で、親の介護の話が出ました。妹からもいろんな話が出て私は初めて聴いたことが多かったです。わかったことなのですが、長女の私が嫁いでからは、母は妹に老後の世話や介護をしてもらおうと思っていたみたいです。「ゆくゆくは、下の世話から全てを由美子に任せる」と言っていたとのことです。保険の受け取りや一部の株を妹の名義にしてあるのはそのためのようでした。妹は、「でも姉ちゃんが実家に戻ってきたので、これからの事は姉ちゃんに任せるわ」と言うのです。私は、一時的な介護のつもりで戻ってきたのですが。長女なので責任があると思って戻ってきたので、それでもいいと思っていますが、少し複雑な気持ちでもあります。

妹、由美子からのメール

十二月七日（金曜日）　今日、お母ちゃんのところに行って来ましたが、腰が大変痛いそうです。

「ベッドから起き上がる時も痛い痛いと言って、難しいんです…」と介護士さんから言われました。

「だから、車イスにずっと座ってもらっています」とのことだったのですが、私には、お尻が痛いので寝転びたい、と言いました。座っていると、お尻が痛くなるというので困ったものです。本当に、自力で車イスからも立ち上がれなくて、ベッドに座っても、今度は寝転べない。「痛い！　痛い！」と言うばかりです。大変困りました。

妹へのメール

十二月八日（土曜日）　今日面会時に看護師さんとお母ちゃんの『痛み』について相談したところ、日曜日を挟むので病院で診察してもらってくださいということでした。D施設の車で送迎してもらい、S病院の整形外科で診てもらいました。

お母ちゃんが「辛抱でけへんくらい痛い！　痛い！　痛い！　右肩が痛い！」とずっと小声の絞り出すような声で叫んでいました。腰が痛いのか肩が痛いのかわからなくなっていました。腰と肩のレントゲンを撮ってから診察してもらいました。

①腰。昔からの骨粗しょう症による頸椎圧迫骨折がたくさんあって正常な骨の方が少ない。尻餅をついたときにその骨がずれたので神経に触って痛むのでしょう。日が

経つと痛みが落ち着く。日にち薬とか。今回の薬の処方はありません。（現在の肩の痛みに対しての痛み止め薬、一日六錠はそのまま続けてくださいとのこと）
②肩。十一月に診察していただいたA病院の先生と同じことを言われました。もっと、酷くなっている人もいてまだ良い方だから、このまま痛み止め薬の対応です。
③三七・一度の微熱。痛みが出ると微熱を出す人もいるので様子を見ましょう。微熱が長引いたり高熱が出た時は内科のお医者さんに診てもらってください。
ということで薬はありませんでした。そのことをわかってもらうように女医さんがお母ちゃんの体を抱き寄せるようにして、いろいろ説明をしてくれました。

でも、お母ちゃんは、女医さんに、

「先生、私は九十七歳で、この年になるまでに楽しいこともうれしいこともいろいろ経験してきました。思い残すことはなにも無いから、早く楽にしてほしい。早く安楽死させてほしい。先生お願いします！　死んで楽になりたいです」と訴えました。

女医さんは「お母さんにはこれまで、社会のために尽くしてこられて感謝感謝です。私には、今、言葉をかけることの他は何もできないのです。今の状態より良くなることを考えて明るく過ごしてもらいたいです」と言ってくださいました。

お母ちゃんは納得できないようでしたが。とにかく疲れたので早く横になりたいということで、帰っても昼ごはんは食べませんでした。乳酸飲料とお水は少し飲みまし

きました。

た。D施設の部屋に着くなり、横になって口を開けて眠ってしまいました。

看護師さん介護士さんに、結果や今後のことを話し、後は、お任せして私は帰って

帰りの車中で、トイレに行くことは体を動かすことになり、痛むだろうから、「おしっこはオムツにしといてね」と言ったら、したいけど出ないと言ってました。「痛むときは、オムツにしたらいいんだよ」と言いましたが、自分はオムツにしたくないというこだわりがあるので、どうなるでしょうね。

お母ちゃんは、「こんな体になって悔しい。もう、思い残すことは無いから早く楽にしてほしい。早く安楽死させてほしい」ばかり言うようになっています。D施設では看護師さんに昨夜の様子を聞いて、お願いしていた精神安定剤や睡眠導入剤の件はどうなったのかをもう一度聞いてみたいと思います。昨夜、眠れたかどうか…心配です。また、薬が効きすぎても日中ボーッとしてしまう人がいるとのことで、気をつけて服用させていただきたいと思っています。

今後、私たち団塊の世代が高齢期を迎える時、安楽死は認めてほしいと思ったり、森鷗外の「高瀬舟」の安楽死をも考えてしまいます。

親友、テッコへのメール

ショックなことがありました。テッコにも届いているかもしれないけど。高校時代の友人Cさんから、母が他界したので来年の年賀状は失礼いたします、という葉書が届きました。あんなにしっかりした文字を書いていたCさんだったのに、震えてやっと書けたようなミミズが這ったような筆跡でした。

去年、私がCさんに電話をかけた時に、

「もう電話かけて来んといてや。今日はたまたま電話に出たけどいつもは出んようにしてるんや」と震えるような嗄れ声で言われました。

「私の家を訪ねてもらっても絶対に会えへんからね。今は身体がボロボロで福祉のお世話になってるねん。会うてもわかれへんくらい貧相になってるねん。誰にも会いたくない」と言う彼女でした。

伝統芸能の義父と同居する家に嫁いだのですが、優しい夫と違ってしっかり者のお義母さんとは、上手に合わせていくことができなかったようで、子供一人置いて離婚してしまった彼女。幸い公務員だったので、路頭に迷うことはなかったけれど、生真面目な彼女にとっては辛く大変な生活だったに違いないよね。離婚後は実家のお母さんと二人で生活してきたようです。夫が病死し、女手一つで幼いCさんとお兄さんの二人を育ててきたしっかり者のお母さん。心の支えだった、そのお母さんも亡くなられたのですね。

それぞれの生き方もあり、それぞれの考え方も違い、自分はこれからどのように生きていけばよいのか、考えなければならない平成最後の年末です。

年末に会って話そうよ。

料金受取人払郵便

新宿局承認

7552

差出有効期間
2024年1月
31日まで
(切手不要)

郵便はがき

1 6 0-8 7 9 1

141

東京都新宿区新宿1－10－1

(株)文芸社

愛読者カード係 行

ふりがな お名前		明治 大正 昭和 平成 年生 歳
ふりがな ご住所	□□□-□□□□	性別 男・女
お電話 番 号	(書籍ご注文の際に必要です)	ご職業
E-mail		
ご購読雑誌(複数可)		ご購読新聞 新聞

最近読んでおもしろかった本や今後、とりあげてほしいテーマをお教えください。

ご自分の研究成果や経験、お考え等を出版してみたいというお気持ちはありますか。

ある　ない　内容・テーマ(　　　　　　)

現在完成した作品をお持ちですか。

ある　ない　ジャンル・原稿量(　　　　　　)

書　名			
お買上 書　店	都道 府県　　　　市区 郡	書店名	書店
		ご購入日	年　　月　　日

本書をどこでお知りになりましたか?

1.書店店頭　2.知人にすすめられて　3.インターネット(サイト名　　　　)

4.DMハガキ　5.広告、記事を見て(新聞、雑誌名　　　　)

上の質問に関連して、ご購入の決め手となったのは?

1.タイトル　2.著者　3.内容　4.カバーデザイン　5.帯

その他ご自由にお書きください。

(　　　　　　　　　　　　　　　　　　)

本書についてのご意見、ご感想をお聞かせください。

①内容について

②カバー、タイトル、帯について

六　「魔法をかけますよー」

二〇二〇年十二月十一日の会話。

「お母ちゃん、このH病院に入院することになったよ。熱が出たから、しばらくは帰られへんけども、薬を処方してくれてるから早《は》ように良《よ》うなると思うよ。良《よ》うなったらグレースホーム（特別養護老人ホーム）に帰れるよ」と私。「あぁ、そうか。今のところ痛いところもないし、しんどくは無いんやけどなぁ」

「お母ちゃん、M病院からH病院に着いた時、熱を測ったら、三七度八分あったそうや。コロナウイルス感染防止のため、熱が三七度五分以上の人は検査してからでないと入院でけへんねん。それで検査してもらったらまた尿路感染症やった。コロナではなかったから、入院できることになった。これから治療も始まるそうやよ」と妹。

「M病院を退院してもグレースホームには戻られへんかったんやな」と、移動の担架に体を横たえたままの母は、少しがっかりしたような口調だった。髪量が減り、入れ歯を外して口元が皺だらけなので、母は、一層年老いて見えた。身体はすっかりやせ衰えて、病衣からはみ出たかさついたようなベージュ色の皮膚に右腕も左腕も点滴の跡が残り、紫色に黒を混ぜたような色になっていた。気持ちを取り直してほしいので、私はいつもの威張ったような口調で母に言った。

「すっかり良くなったら退院できるよ。今、コロナウイルス感染が広がっているので面会はしばらくはでけへんけれど、お母ちゃん、口から栄養取るようにして頑張ったら、退院できるんやよ。百歳の誕生日を目指そうね。その時はみんなで、お祝いしようね」

「はい。わかった。お正月も迎えたいな。陽子ちゃんに会って結婚のお祝いも言いたいしな」

母は途切れ途切れだったが、ちょっとだけ元気ぶって声を出した。

「お母ちゃんに魔法をかけておくから、お正月過ぎたらまた会えるようにしようね」

入院している母に魔法をかけるのは私の役割になっている。

「では、魔法をかけますよー。お母ちゃんの病気は良くなる。あなたはだんだん元気になる～元気になる～」

両手を母の身体全体にかざし、指をひらひらさせながら左右に動かして、私はいつもながらの魔法の呪文を母にかけた。母はそれに応えて、骨ばった右手でピースサインをした。

以前、妹からは「また子供騙しみたいなことをして！　姉ちゃん、本当に変わってる」と言われていたが、これが度重なり、母が『奇跡の生還』をするようになると、入院する度の慣例になり、子供騙し的な行動でもしぶしぶ認められつつあるのだ。普段はきついのに、こんな時は優しく声をかけるのは妹の役目で、

「お母ちゃん、そしたらもうちょっとの間我慢してね。良くなったら美味しい果物をいっぱい食べてもらうからね」と母の手をぎゅっと握って言った。

夕暮れになってきたので、後は病院にお任せして、私と妹は病院を後にした。

「姉ちゃんの魔法が効くのかどうかわからへんけど、まぁ効いたらええなぁ」と妹に言われてしまった。

「きっと効くに決まってるよ。奇跡の生還第三弾やんか」と私は心で叫んでいた。

そして、M病院での治療が終了したので、母は五十二日ぶりに退院して、今度は療養型のH病院に転院することになった。

老いは病気ではない。老いれば最後に医療が必要な時が来るとわかっていた。母は九十五歳までは至って元気で、自分の足で歩くことができて在宅だった。その母も年齢には勝てない。歳を取ると、長年使った心臓が弱ってきた。骨も脆くなり、若い頃より身長は一〇センチメートルほど縮んだ。尿路感染症などを繰り返し、特養入所、病院への入退院を繰り返した。現在九十九歳の母である。

十一月三十日、月曜日、経過報告と退院の件で、担当医との話し合いがあった。普段はコロナ禍で面会はできないのだが、特別面会も許された日だった。担当医から「退院の日が近づきました。特別養護老人ホームに戻るか、療養型の病院に移るか、どうしますか?」と相談を持ち掛けられたれたのだ。

妹は「母がグレースホームに帰りたいって希望するなら帰らせてあげたらいいと思う。そのほうが気持ちが落ち着くのと違うの?」と言う。

長女の私は「尿路感染は繰り返すらしいし、いつまた発熱するかわからない。コロナ禍中で体調が悪くなり、特養から病院に出向いて診察してもらうことになっても、熱があったらコロナが疑われたりして手間取って大変だから、今回は転院の方が安心できると思う」と言った。しかし、その日の母の様子を見るととても元気そうにしていて看護師さんの話によると、食事も完食、声に出して歌も歌っているとのこと。母に退院後どのようにしたいかを尋ねると「グレースホーム(特養)に戻れるのか。それはよかった。万歳! うれしいな」と言って、すっかり帰る気になっているのだ。

担当医からは、帰り際に「明後日まで退院後どこに行くかを決めて返事をくださ い」と言われた。私と妹は母のこの喜びようを見て「大丈夫なら、特養に帰してください」と即答してしまった。

しかし、戻れるはずの特養からは難色を示された。それは、

「お母さんはご高齢の九十九歳です。グレースホームに医師が常駐しているわけではなく看護師も夜間は不在なので、夜間にもし熱が出たりした時は心配です。安心してお任せいただけないので、療養型のH病院に転院することをお勧めしたいです」と言われたのだ。

コロナ感染症にかかった時、スウェーデンでは八十歳以上の高齢者にＩＣＵの延命措置をしないということを聞いている。仕方ないのかなあと思っていたが、自分の親がそうなった時はやはり長生きしてほしいと思ってしまう。スウェーデンでなく日本に生まれて良かったと思っている私。しかし気になるのは、至る所で『お母さんはご高齢で、御年九十九歳ですから』と言われることだ。高齢者だから我慢してくださいというのかと思ってしまう。本人の生きたいという意思がある限り家族としては協力したいと思う。

結局、特養と病院との話し合いもあって、母は、療養型H病院に転院することになったのだ。

母は九十七歳の時に骨粗しょう症もあって圧迫骨折でほとんどの骨が折れている状態だった。この時、母は私の目の前で、担当医師に、

「私はこの年まで充分生きてきて、やることもみんなしました。こんなに苦しい思いをするのなら死んだほうがマシです。早く死なせてください。死なせてください。天

国からのお迎えを待っていますので、先生よろしくお願いします」と頼んだ。

女医さんは、母を両手で抱きかかえるようにして、

「長く生きてこられ、社会のために尽くしてくださってありがとうございます。でも、命を断つ事は今の医療ではできないのです」とおっしゃった。

痛くならないように治療をしましょう、ということで緩和治療を受けることになった。モルヒネや精神安定剤を使っての治療が、効を奏して、それからの母は比較的安定した生活を送ることができた。しかし、尿路感染というのは繰り返されるもので十月二十一日に母は血尿が出たので、病院に連れて行ってほしいと特養から連絡があった。病院で体温を測ると三九度八分の熱があり、尿と血液の検査から、『敗血症性ショック』と、命にかかわる大変怖い病気とのことで即入院となった。心房細動という心臓病もあったが、五十二日間の入院中も二回の尿路感染症の再発があった。

母は、昔のことはよく覚えていて最近の事は忘れてしまうという軽い認知症があるかもしれない。けれども「お母ちゃんの言ってることはそこが違うよ」と指摘すると上手にはぐらかすところなどは、重い認知症でない事を物語っている。自分の意思は結構はっきり示すことができているようで、判断能力があるように思う。今後の診療や入院に関して、家族の判断だけではいけないと思って母の希望を受けることにした。ずっと点滴等の管で繋がれてただ生かされている事は嫌だと言う母の気持ちは尊重し

たいと思っていた。今の母は、植物が枯れていくように老衰で亡くなることが希望のようだが、平穏死というのもなかなか大変だ。大正生まれの母は、長寿家系に育ち、消化器官は健やかで、年齢にしては受け答えはしっかりしているかもしれない。

十一月三十日、コロナ禍中だったが、退院についての話し合いがあって面会ができた時、

「今日はわざわざ来てくれてありがとう。姉妹仲良く過ごしなさいね。わたしの人生は、良い人生やったよ」と母が言った。日頃から、かしこまった挨拶を言うのが好きな母の、いかにも最期の挨拶のようでおかしかったので、私と妹は顔を見合わせて、

「お母ちゃん何か間違ってない？　今日は面会だけですよ」

医師から見放されて家族との最後の面会になった人といった感じで喋り始めたのでそう言うと、

「あーそう、ほんじゃあ、もうちょっと頑張るわー」とピースサインをした。九十九歳の身体の中に元気な気持ちの母も混在していた。

「口から栄養とってね。また来るからね。今度は曽孫の動画も持ってくるから」と妹は言ったものだった。

先日緩和ケア病院から電話がかかってきた私は何かあったのかとドギマギして電話

を取ったら看護師さんからだった。

「驚かせてごめんなさい。今、食事中なんだけれども、電話をかけてほしいと何度もおっしゃるので連絡先に電話をかけました」

そして、私を結婚したばかりの私の次女と間違っているようで母は、「陽子ちゃんか？　結婚おめでとう。万歳万歳!!　二人で、お元気で、お過ごしくださいね。ずっとずっと仲良くお過ごしくださいね」と言うではないか。私は、「陽子は今、仕事中やから電話に出られへんから伝えておくよ」と言っていろいろ話をして電話を切った。ちょっと勘違いしているみたいだけれど、入院の三日前より、かなり元気になっているようで安心した。年末年始をこのH病院で過ごすことになるのかと思うとちょっと心苦しいが、コロナ禍中なので病院の方が安心だと思う。

私は母のいるH病院の方を向いて、大きな声で魔法をかけた。この年末年始を元気で過ごし「奇跡の生還第三弾の実現」を果たしてほしいと願いながら。

七　父

その1　鉄砲の弾

「あなたはお父さん似やね」と親戚のおばちゃんたちによく言われたし、私自身も父によく似ていると思っていた。

先ず、髪の毛が硬くて、年齢を経ても黒々としているところ。顔の輪郭や鼻の形、そして性格に至っては無口で生真面目、涙もろくて意地っ張りなところ。性格に関しては考え方、つまり、こう思っているだろうということがテレパシーのような感じで理解できたようなのだ。でも、あまり似たいと思わないような面のＤＮＡも引き継いでいるように思う。

父は、昭和五〇年（一九七五年）五月、肝臓癌で入院、たった四ヶ月後に他界した。九月十一日の夜、母から父の容態が危ないのですぐ病院に来るようにと電話があり、妹と一緒に自転車を飛ばして駆けつけた。

病室に着くなり、ものものしい器械や看護の人に囲まれ、心臓に電気ショックをかけ担当医師が馬乗りになるような形で蘇生を施してところに到着した私達は、全てを悟った。

「もうやめてください。骨が折れます」

「もういいです。苦しみから解放させてあげてください」

「やめて。やめてください！」

「…………」

「――――…………」

病室から見た星がひとつ、きらりと光っていたことがまだ思い出される。こんなにあっけなく、こんなに早く……信じられなくて、その時は涙も出なかった。

享年五十七歳。私が二十六歳、妹が二十歳、母が五十三歳だった。

父は当時、電電公社（民営化後のＮＴＴ）に勤めていて、定年退職まで残すところ八ヶ月の状態で、あまりに早い他界だったので私たち姉妹は父の死を受け入れるまで、しばらくかかった。

私たち姉妹は、父というと、髪はふさふさ黒々、ヘビースモーカー、そして、映画好きということで話題にすることが多い。

私が覚えている父は、かっこよかった。家にいる時、夏以外は、いつも着物姿で、外出時はワイシャツ・ネクタイ・背広。夏は開襟シャツ・ズボンが見慣れた姿だったような感じがする。それは、懐かしい写真を見てそう思っているだけかもしれないのだが。おしゃれだったのか、毎朝、鏡の前で整髪料をつけて髪を櫛でなでていた。そしていつもポマードの匂いがしていた。髪は黒々と光っていて、当時の流行だったのか、髪を七三に分けてポマードで固めていた……枕や掛布団は汚れてカバーをよく洗濯していたような……そんな記憶がある。

父は二十代前半で、第二次世界大戦で南支（中国の南部）に行き、戦闘を経験した。傷痍軍人となって帰還したときは、身体の中に銃弾がまだ残っていたそうだ。母と結婚後も弾の除去手術をしているし、私が小さいときも通院や入院を何度もしていたような記憶がある。腕や足や身体のあちこちには、大きな手術の跡が残り、皮膚が引きつっている部分もあった。結局、右足の先は化膿して足の指の機能をなさなくなり、片足を引きずるようにして歩くことになった。そんな自分の身体を、悔しがり、「こんな足にならなかったらもっといろいろなことができたし、子供たちにもしてあげたんやけどなあ」と、病床で看護している私に、ふと漏らした言葉がとても悲しく聞こえた。

火葬場でのお骨拾いの時、灰の中から鉄砲の弾が出てきた。このことは、当時としてはさほど珍しいことではなかったようで、他の兵隊さんにもそんなことがあったようだ。戦後を感じ、戦争の恐ろしさや弊害を、父は憎んでいたが、戦争のことは私達に話さなかったし、その頃、傷痍軍人として白い包帯を巻き、痛んだ身体をさらして街の角に立ち、音楽を奏でて善意を請う人たちの姿を見て、なぜ哀れみを請うのかと呟く人だった。

父の癌発病の起因で忘れてはならないことがある。それは戦時中、戦傷の医療のX線撮影検査に使用された血管の造影剤トロトラストによる内部被爆だ。これは代謝されずに長い間、体内にとどまってα線を出し、注入から二〇～三〇年経過してから肝臓の腫瘍を発症。昭和五〇年代の初め、戦傷病者のトロトラスト注入者については、必要な医療の給付や障害程度に応じた援護措置が行われたそうで、「トロトラスト症」は社会問題になった。その頃に父は亡くなっていた。父は病因について知っていたのだろうか。

私が、トロトラストの影響について知ったのは検体後で、母から教えられた。悔しかった。「反戦」をこの頃身近に強く感じた。

その2　思い出

父は、家にいる時、夏以外はいつも着物で、外出時はワイシャツ背広姿が定番。今のようなカジュアルな、ポロシャツ・ズボンなんて見たことがなく、開襟シャツとズボン姿が見慣れた洋服姿だったような感じがする。そういえば、覚えているのは……着物姿が多い。

本と映画が好きで、特注のガラス張りで鍵のかかる本箱が部屋の隅に大きな顔で居座っていた記憶がある。書斎はなかったものの、たくさんの本があったようで、他界後、売り払ったり、引き取ってもらったりしたようだ。父の実家は（祖父が定年退職後）本屋兼貸本家をしていたので、いつも本が身近にあった。

私の記憶にある中では、父は常に本を読んだり、何かを書いていた。父の字は楔のような独特の形で、年賀状に「懐かしい字を目にすることができてうれしい」と書いた女の人からの文を母が読んで、「何が懐かしいや」と少し愚痴っていたような想い出がある。娘なので、「いいやん、お父さんの字がほめられているんやから……」なんて思ったものだ。今も残るその文字は、イラスト調の独特の筆跡だ。戦傷として手や指までも酷く不自然な状態に変わったことを悔しがりながらも練習を重ねて、他人が読んでわかるように、書く訓練をし、功を奏した父のあがきの文字といえる。

関連して思い出したが、母はあることで、気が気ではなかったと思う。当時、電電公社は、電話交換もしていて女性の多い職場だった。実際、社員旅行に連れて行ってもらったときも、若くてきれいな女性が多くて、子供心にうれしかった。でも、今になって思うと、少し女性にもてそうな父に対して、母は少しはらはらだったと思う。私は、遺品にその類の手紙を見てしまって、思わず隠そうとしたものだった。

父は具合が悪くなったその日に即入院し、遺体として帰宅するまでは、身の回りの整頓もできず、私物に手を入れることさえできなかったのだ。そのとき、私は、家族に迷惑になるような私物は、常に整頓しておこうと、つくづく思ったものだ。


一番新しくて楽しかった思い出は、私の就職が決まり、家族四人で初めて（記憶の中では）外食をしたことと、私の初月給で、家族四人で「しゃぶしゃぶ」を食べに行ったことだ。

市役所就職の内定通知を受け取って、しばらくしたある日、父から、

「就職のお祝いに、みんなで食べに行こうか」と突然言われた。

もちろん、妹も私も大喜びでその日を待った。

母に連れられて待ち合わせの場所に行った。父は、仕事帰りのスーツ姿で、いつも

の着物姿ではなく、またまた格好よく私達の目に映ったものだ。地元の料理屋さんで、寄せ鍋を用意してくれていた。お店の人の対応から、馴染みの店らしいことがわかった。私は、（父は、お酒を飲んで帰って来るときは、友達とこんな処に来ているのか。大人になると、こんな処でも食事ができるんだ……）と、いつもの百貨店八階レストランや大衆食堂で食べる雰囲気と違うことに、わくわくした。初めての大人の雰囲気を味わいながら、これから来たるべき自分の人生を手繰り寄せてくれる紐のような何かを感じていた。

また、普段、母に頼り切っている家で見る父とは違った雰囲気で、店の人と対応している姿も頼もしく感じた。おいしい料理とおいしいご飯にも感激したものだ。

「配給米とちごて（違って）寿司米というこんなおいしいお米があるんやで。食べるか」

「わー。食べたい」

「おいしい！　おいしい！」

当時も食欲旺盛な私と妹は、寄せ鍋も、出された料理も残らず平らげて、感激、感激の時間だったことはいうまでもない。

そんな父のことをもっと知りたくて、父の兄弟で唯一健在の十歳年下の八十五歳の叔父に連絡を取ったが「忙しいからでけへんよ。それと、昔のことは知らんほうがいいんや」と嫌がり、突っ撥ねられ、叔父は他界した。

戦争は、悪魔のように多くの人の人生を大きく変え、憎んでも憎んでもぶつけようの無い惨憺たる時代を形成して、影響を与えていった。

八　南野先生の思い出

その1

全てが懐かしい思い出の中に存在するという感覚です。

南野《みなみの》先生とは昭和三五年（一九六〇年）四月、市立大町小学校の校庭で、お目にかかりました。南野先生は二十八歳のはつらつとした若い女の先生。

私、八木宇美、十歳。おとなしく恥ずかしがりやの女子でした。

五年生の新しい所属クラスの発表でした。その当時の五年生は、多分、三百六十人くらいいたと思います。四年生は六クラスあって、一クラス六十一人いたのです。あまりに多い児童数です。教室は児童でぎっしりだったように覚えています。五年生では七クラスに分かれました。やっと五十四人くらいの学級になりました。

そのとき、私はいよいよ高学年になるという期待と少しの不安で、胸がドキドキしていたように思います。

一組から順に先生が呼んでいき、呼ばれた子は決められたところに並ぶといった発表でした。私は、「南野先生だといいのになあ」と思っていたところに、『四組。南野学級……八木宇美』と名前を呼ばれて、とってもうれしかったことを覚えています。

三、四年の担任の植木先生は、学年主任で、とても忙しくて机にすわって書類書きをしておられることが多く、授業のほとんどが自習でした。
植木先生には、可愛がっていただいたのですが、国語・算数以外はほとんど自習といったような授業でした。体育は、自分たちでドッジボールをする、音楽は同級生でオルガンの上手な児童の伴奏で歌のテストをする程度、まともな授業はほとんどしてもらえなかったように記憶しています。

私は、隣のクラスの音楽の授業の歌を聴きながら、「音楽の教科書ってあってもないのと同じだよ」などと思いながら、家でその歌を歌っていたものです。図工も絵描きばかりでした。もっと他にやることがあるのになどと、若くていろいろ教えてくださる隣の先生のクラスになりたいなどと思ったものでした。

でも、南野先生は、違いました。期待通り、きちんと授業をしてくださり、音楽もハーモニカを使った合奏や自らオルガンで弾いて、和音や発声練習の仕方なども教えてくださいました。

体育はこれまで、二年間も嫌いなドッジボールばかりで、私は逃げてばかりの時間でした。少しも面白くなく、たとえば投げ方や受け方も教えてほしいと思ったものでした。

五年生からは、跳び箱や走り高跳び、長縄飛び、ポートボールなど新しい種目をやることができて、うれしくて仕方がありませんでした。体育の成績（通信簿）も少し上がって、これもうれしかったのです。三、四年生の時はドッジボールが上手にできるかできないか、で成績を付けられているような気持ちがあったのです。

五年生になってからは、学級ではいくつかの班を作り、理科の実験や朝の自習をしました。班の競争や、家庭学習の励行など、今行われている教育の先取りというか、新しい試みがいろいろなされました。六年生の時には、能力別の席替えもしました。テストの平均点で席を決めていき、バディを組み、学習も教えあったりもしました。

南野先生に担任していただいてからは、とってもうれしくて、子供心にも「頑張るぞ！」などと思ったものでした。

私は無口でボーッとした子でしたが、書いたり描いたりで表現することは、好きな方でした。絵、文、習字などを先生に提出してもそれまでは、判子を押して返却されるだけでしたが、南野先生はきちんと丸をつけてくださり、外部からの公募があると出品してくださいました。何度か賞をいただいた時は、とてもうれしく、大喜びをし、引っ込み思案の私の自信につながりました。

　教職に就けたことも、南野先生のおかげと心から感謝申し上げる次第です。


　当時、大町小学校は全国的に理科学習の振興校として有名になっていたようです。理科の主任だったのか学校にいらっしゃる時は、いつも白衣を着ておられた雪本先生を中心とした新しい理科教育プロジェクトのようなものが組まれていたようです。先生方の手作りの理科教材が作られ、それで授業をさせていただき、手作りの理科プリントが作られ、気づいたことや図などを自由に書き入れたことを思い出します。子供たちは理科が大好きになり、不思議だと思ったことは、考えたり聞いたり調べたりしました。授業後に残ったり、休みの日に学校に行って、稲につくニカメイチュウ・ニカメイガを調べたり、絵に描いたりしたことを思い出します。学校田で稲を育て、学級園でヘチマなども育てました。音の伝導について手作り教材で実験をしたのを覚えています。

　たくさんの先生方が筆記用具を持って授業参観にいらっしゃったこともありました。私達は南野先生を助けようと、一生懸命、挙手したり、意見を述べたりしたものでした。先生の頑張っていらっしゃる様子が伝わってきたのだと思います。

私達は、グループでいろいろ調べて、模造紙に書いて発表するという今でいうプレゼンテーションなることも教えていただきました。

繊維について、鯨からとれる製品について、作曲家についてなどなど、グループで市立図書館に足を運んで調べたりもしました。新しい教育を進んで実行されて、私はうれしくて仕方がありませんでした。まだ、テレビは学校に二台くらいしかないときでしたが、たまに図書室で学校放送のような番組を見せてくださったり、十六ミリフィルムだったのか、映画といわれるものも教室で二クラス一緒に見せてくださったりしました。

放課後に残って片づけを手伝ったりして、楽しかったこともありました。

私のいた四組は、男子のリーダーがいないと少し悲しんでいらっしゃった先生です。女子が頑張ろうと思いましたが、ぼんやりの私には何にもできませんでした。この頃、学級経営がうまくいかなくて、時々先生が悲しそうな表情をなさっていたことを思い出します。

五年生のお正月だったでしょうか、「一月二日は、先生が日直だから、学校で遊びましょう」と元旦の式の後に言ってくださって、私は大喜びしたものです。当時は一月一日の九時頃に登校し、校長先生から新年のお話を聞き、紅白まんじゅうをいただいて下校しました。それから、各家に帰ってお祝いをしたものです。

一月二日、登校すると南野先生はすてきな着物姿でした。それぞれが持っていったプレゼント交換の時、私のハンカチが先生にいき、先生のノート何冊かが私に当たったので、とてもうれしかったことを覚えています。その時、用務員さんの部屋でお餅（お汁粉だったかな?）をご馳走になったような気がします。

友達の矢口さんと一緒に遊んでいるときに、先生のお宅に行ってみようということになり、石山町方面を探検したことがありましたが、遂にわからず、途中雨に降られて、知らないうちの方から傘を貸していただいて、あとで返しに行ったという記憶があります。

当時、先生は大津町にご両親と弟さんと一緒にお住まいだったと思います。

先生は、耳たぶが特にきりりとされていて、うらやましいなあと思っていました。卒業式の時は、袴姿が印象的でした。

大町小学校は南野先生くらいの若い先生が多い学校でした。まだ創立後、間もなかったのか、校歌もなく、スクールバンドや鼓笛隊などもありませんでした。私達が卒業してからそれらは出来上がったようです。

その頃は、ころころした体格の校長先生でした。

分担の校長室掃除が楽しかったような記憶があります。土曜日の午後は、職員室に出前が運ばれて、おいしそうな、いい匂いがしていましたっけ。先生は残ってよく仕事をなさっていたようです。私は、そんな先生が好きで、先生に好かれたいと、素直でいい子ぶっていた面もありました。今思うといやな子ですね。

私は、徒歩通学でした。学校が好きだったし、楽しかったから、校庭や教室で友達と遅くまで残って遊んでいて、先生に迷惑をかけたときもありました。

南野先生と私達は、卒業してから、一度、同窓会があり、お目にかかりました。狭山遊園地で、青空のもと、先生と一緒にハンカチ落としなどをして遊んだのを思い出します。壷井栄著の『二十四の瞳』の大石先生のような明るくさわやかな印象でした。

その時、何年生担任だったかとかは伺ったのでしょうが、全く覚えていません。多分、大町小学校にいらっしゃったのだと思うのですが……。中学生になって私達は、夢中で毎日を過ごしていたようで、小学校に行くことはありませんでした。

私が高校生の頃、先生が確か二人の男のお子さんを連れて坂東駅を歩いていらっしゃるのを見かけました。お子さんは、二つから四つくらいだったでしょうか。恥ずかしがりの私は、声さえも掛けられませんでした。でも、お元気そうだったことと、

とても幸せそうだった先生を拝見して、

「あー先生も結婚されて、いいお母さんになられたんだなー。よかった、よかった」

なんて、生意気なことを思っていたものです。

友達にもそのことを話しました。

その2

それから成長した私は、教師になって、やっと先生のありがたさが身にしみてわかりました。先生に連絡を取りたくなり、教育委員会に電話して先生の勤務校を教えていただきました。そして、夏休みに、

「今、帰省しています。ぜひ、お目にかかりたいのですが……。私は、南野先生に担任をしていただいた八木宇美です」

と直接電話して南野先生を驚かせたのは、最初の子が生まれてからのことです。

それまでは、昔の教え子なんて「迷惑だろうな」などと思っていたのですが、自分が教師になって、教え子に連絡してもらうことがうれしくて、決して迷惑でないことがわかったので、連絡を取らせていただきました。

昭和五五年（一九八〇年）の夏だったと思います。夏休みでしたが出勤されていて

帰りに坂東の駅で待ち合わせをしました。先生は、大変喜んでくださり、お祝いにと一歳の娘に『積み木のひらがなカード』と『お腹を押すと〈モー〉と啼く牛のぬいぐるみ』を買ってくださいました。坂東のデパートのおもちゃ売場でしばらく迷ってのことでした。本当にありがとうございました。私は、そのうちの一つの積み木を今でも大切に持っています。

その時、先生は、乳癌の手術後だということでした。私は驚きました。でも先生はお元気そうで、昔とちっとも変わらない姿で、そして昔よりぐっと落ち着いて説得力ある口調で話されていました。

でも、今、担任をしている一人の児童のことが、「とても気になるんです。ちょっと大変なんですよ」と、あの六年生担任の時の先生のように、少し暗い顔で話されていました。

悩みは尽きないけど、いつも児童のことを一生懸命考えてくださる先生だと、ありがたく思ったものでした。

私の長女が難病の診断を受けて途方にくれていたとき、尿療法を教えてくださったのも先生です。長い手紙を本に添えて送ってくださいました。

尿療法はどうしても実行できずに終わりましたが、先生からは、

「母親であるあなたが率先して、やって見せないと、出来ませんよ」とお叱りを受けましたが、遂に実行は、できませんでした。

幸い長女の病気は、どうにか安定し、薬の副作用による日々戦いもありますが、手術も受けていています。気持ちの持ちようでいくらでも明るく生きることができることを先生から教えていただきました。

今、私は健康で、毎日仕事に専念することができます。子供も成人しました。これまで出会った方々のご指導やご支援があったからこそ、ここまでやってこられたのだと思います。小学校五、六年生担任の頃の南野先生のご教示が、今の私を支えてくださっているのだと感謝に堪えません。

ビッグな教師ではありませんでしたが、〝夢をもって〟〝無償の愛〟で子供たちをつつみながら、退職まで進んできたと思っています。

先生に教えていただいた数々のこと、本当にありがとうございました！

これからも、先生のことは忘れません！

追伸

南野先生とご主人が強い愛情で結ばれていることが、とても羨ましいです。

先生が亡くなられた後、ご主人は、『生きている意味がなくなった』と、おっしゃられたそうです。やがて、愛した人への思い出をたどり、ありったけの力を振り絞って追悼文集を作り始められました。

息子さんたちが遠くにお住まいで、定年退職後の当時、ご夫婦で、二人暮らしをされているときの急逝だったようです。年賀状の住所からわかった私のあて先に、ご主人から悲痛な葉書をいただいたことは、ショックでもあり、印象的でした。

南野先生の訃報を聞き、お宅を訪問したとき、部屋いっぱいに愛した人の思い出の品を広げて、毎日見ておられたようでした。胸がつぶれそうな思いに駆り立てられたものです。一旦いただいたちぎり絵も「亡き妻の文集に載せたいので、返却ください」との連絡があり、お返ししたことがありました。そんなにしてまで、それだけ思い出の品が大切だったんだと、その一途な愛情に感動したものでした。

文集を作り始められ、しばらくしてからご主人は、糖尿病の悪化で愛しい人の後を追うように他界されました。二人で支え合いながら、生きてこられたのだということがとてもよくわかり、その愛情の深さは計り知れないものがあるように思いました。

私からの一方的な南野先生の素敵な思い出を綴りました。先生ご夫妻のような夫婦愛は、やはり理想です。お互いを思いやる気持ちの尊さに心打たれます。

南野先生、今後も私は彷徨える戸惑いの多い人生です。

九　私と天六学舎

その１　新聞記事より

「えっ！」と驚く記事だった。そして、「やはり…」とも思えた。

二〇一四年八月十八日の朝日新聞（大阪版）夕刊の一面に大きく、そして、四〇年ほど前の懐かしい写真入りで取り上げられていた。

『苦学生　夢抱く　夜学　消ゆ』の見出しのもとに、「Ｋ大の天六学舎　解体へ」「みんな、はい上がるチャンス　手にしようとしていた」と。

私の青春まったただ中の記憶が塗り込められた、Ｋ大学の天神橋筋六丁目に在る大学の校舎、略して天六学舎。十八歳から二十二歳までの四年間、通いに通い続けた学び舎だ。私が通っていた時から考えても四五年以上は過ぎているので、いまだに存在していることが不思議なくらいに思えた。

新聞によると、Ｋ大学天六キャンパスは、昭和四年（一九二九年）に開設された。大阪市北区天神橋筋六丁目の交通の便の良い場所に在り、働きながら学ぶ夜間学部専用になっていたが、在籍する学生の数の減少や社会情勢の変化で、キャンパスの移転を経て、二〇〇三年には廃部となったという。

案の定、旧友からも電話やメールが入った。

「そうなんやー。あの天六の校舎、よく頑張ったね」

「今まで、よう持ちこたえたね。相当改修を重ねたんやろうねえ」

「懐かしいねえ。最後の姿を見届けようか」

「ぜひ！」

ということで、十月の解体前に、私達で天六学舎にお別れを言いに行くことになった。簡単なお別れの式典があってもいいのに…とは思ったが、忙しい現状では、無理なのだと悟った。個々人で校舎に出向いて、当時を偲び、校舎や恩師やお世話になった方々に、心の中で感謝することにした。

それぞれが忙しくて、都合がついたのは、岩田さんと私の二人だけだった。それでも、級友に会えるのがうれしくて、日が決まった時、私は、思わず心の中でVサインをしていた。年齢は六十五歳でも、二十代に戻ったような気分だった。

まだ夏の日差しが残る九月二十一日、日曜日。岩田さんと私は、足取りも軽く、天六学舎に向かった。日傘をさす二人の頭上からは、蝉の声が降り注いでいた。

大阪の都心のあるその学び舎は、商店街や、ビル、住宅街の間にかろうじて陣取っているという感じで残っていた。都心の建物の敷地としてはもったいないくらいの広さだ。ここに高層住宅が建つのも有効利用なのだろう。ご時世だから、無理はないと感じた。

「解体が決まってから、校舎見学に来る人が、こんなにいるんですよ」と校門管理室の守衛さんが、入舎者名簿を見せてくださった。二百人くらいの名があっただろうか、いやもっと書いてあったのかもしれない。この日も三々五々、校舎やキャンパス内に人が歩いていた。

狭いが、くつろぎの場であったキャンパスには緑の葉をつけた大木が中央に生えている。その木の周りにベンチがいくつかある。私も、遠い昔に片思いの先輩や友人と、ここで話をしたことがあったかもしれない。

校舎の外観は立派な石造りだ。地下教室やクラブの部室は少し湿っぽかった記憶がある。部室の床は、土間風のコンクリートで、暖房のない冬の映画部の部室は、やけに寒かった。今はもう、どの部屋も冷暖房完備なのだろうと思う。古めかしい校舎だったが、懐かしかった。親子連れや個人できている人もいるようだ。それぞれが時々足を止めて、校舎に触れたり、ながめたりしていた。

「ここで学園祭のテントを張って、おでんやお握りを作って売ったね」

「学食で、百二十円の定食をかきこんで食べたね」

「きつねうどんは、二十五円やった?」

「廊下がきれいになったね。当時は、木の板の廊下やったね?」

「窓もサッシになったね。昔は、鉄枠にゴムのようなパテで、ガラスが固定されていたのにね」

「トイレも、水洗の上吊りのタンクがなくなって、きれいになっているね」

変わったというより、時の流れに沿って改修されたものだ。自分たちの年齢を考えると無理はない。私達もずいぶん働いてきた。そしてくたびれかけてはいるが、まだ、元気で存在している。

私と岩田さんは、この大学で学んだことで資格も取り、定年まで教員として働くことができた。また、私は、岩田さんの影響で「出版社勤務の夢」を「教員の夢」に置き換えることになり、今思えば、岩田さんは私の人生の大恩人といえる友人だ。

その2 勤労学生

K大学二部(夜間部)、国文学科の同期のメンバーは、入学当時は三十人ほどいたが、四年後の卒業式当時のメンバーは、半数くらいに減っていたように思う。教授は、昼・夜間部とも同じメンバーで、この点も恵まれていた。『源氏物語』の研究の清水教授、西鶴の研究で有名な中村教授、さらにマスコミで活躍する講師や教授陣が夜間部の少ないメンバーにもかかわらず、来て教えてくださった。「密度の濃い授業をしてもらっているのだから、昼間の学生よりも得をしていると思いなさい」と、先輩によく言われたものだ。それなのに、授業中は居眠りをすることが多くて、申し訳なかった。

仕事や一身上の都合で辞めざるを得なくなった人、結婚して旦那さんと九州へ行ってしまった人、三年生から昼の学部や他学部に編入した人、その後、遅れて単位を取得し、卒業した人。様々な人間模様が展開していた。それぞれが目標をもって登校していたので、卒業した半数は教員、図書館司書などの資格を取って、目標の仕事に就くことができたようだ。

しかし、仕事と学業だけでなく、仲間との関係、友達、恋愛、若者間のドロドロしたものも確かにあった。きれいごとでは済まされないし、済ませたくなかった。そして、どう動いてよいのかわからなくなり、まさに抜き差しならない状態まで行き着き、悩み、苦しむことがあった。そんなことで、辞めていく友達もいた。私もその状態まで、落ち込んだことがあった。どうにか這い上がれたのは友達のおかげだったのだと思う。

私は、取り巻く環境と、体力的にも恵まれていた。四年間、大きな病気をせず、事故に遭うこともなく過ごせた。落ち着きのない私が事故を起こさず巻き込まれもせずに過ごせたこともよかった。感謝の気持ちでいっぱいだ。

また、高校卒業と同時に夜間の大学に入学したので、忙しいことも、大人ならば、これが当たり前のことのように思っていた面も幸いしていた。

その頃は、私の周りには、昼間働き、夜、大学に行く人が結構多かった。父も当時の電電公社に勤めながら、夜、K大学の前身、K法律学校（二部）に通い、近所に住む二歳上と五歳上の従兄も、働きながら大学二部に通っていたので、それが当たり前のように思っていた節もある。

高校三年生の時、十人ほどで受けたS市の採用試験で、女子で私一人だけが合格だった。家から近いS市役所は、願ってもない好条件がそろっていた。

便利で福利厚生が行き届き、時間内に終わり、勤労学生への配慮があり…とても恵まれていた。

天にも昇るうれしさだった。おとなしめの私に似合わず「やったー！」と声に出して喜んだのを覚えている。迷わずに父や従兄と同じK大学に行くことに決めた。大卒資格を得たら、憧れの出版社に就職することを夢にみていたのだった。だから、大学の合格発表の時は、市役所内定通知をもらった時の次にうれしかった。

当時、私は市役所に勤務し、五時になればすぐに退所して、電車を乗り継ぎ今のJRの天満駅まで駆け足で向かった。大学は多分、夕方五時から一時間目の授業だったと思う。天満の駅から大学までは、徒歩で二〇分、駆け足なら一〇分かかった。いつも走っていたつもりだが、遅れて一時間目にセーフかアウトのどちらかだった。九〇分授業の半分以上を受講できた時がセーフで、出席扱いになっていたのだと思う。

忙しい時は、空腹のままで、三時間目まで過ごした。当時はペットボトルもなく、水筒のお茶でさえも教室に持ち込み禁止だった。水をがぶ飲みして教室に入って、しばらくすると授業中お腹がキューンと鳴りそうで困った。鳴ってしまった時は、わざと椅子や机で音を立ててごまかしたりしていた。帰りに、菓子パンをジュースで流し込んだ時もあった。それでも大学に行くことが楽しかったし、充実していたように思う。


昭和四三年（一九六八年）当時は学生運動が真っ盛りの頃だった。校門を入ると、大きなアジ看板があり、アジビラを配る学生、ヘルメットにタオルのマスクで、使い古した拡声器をもってアジ演説をぶつ学生は、当たり前のキャンパス風景だった。六〇年安保を経て、ベトナム戦争反対運動、成田闘争が広がり、全共闘と呼ばれる党派や学部を超えた組織が作られ、「ノンセクトラジカル」と呼ばれる学生が数多く学生運動に参加していた頃だ。

大学に行くと、今日は学生集会があるから、臨時の休講という日もあった。バリケード封鎖して、校門から入れない日もあった。主張を貫徹しようと授業ボイコットをして教授からいさめられた日もあった。

私もわからないなりに「学生が、平和のため、世の中を良くするために身を挺して立ち上がらなければいけない」という信念を通すため、所属していた映画部のメンバーと共に行動した。学生集会に参加することが当たり前だと思っていたので、デモにも行った。しかし、その後は、武装や内ゲバがあり…、次第次第に学生運動も一部の人たちのものになっていった…のは確かだ。ここでかなりのドロドロに近い葛藤が様々あったのは、思い出したくない思い出でもある。

映画部の一人の後輩は、その後も全共闘の仲間として残った。その後、市民運動家になって活躍していたのだが、徹夜の活動などで無理をし、体を壊して若くして亡くなった。

いろいろな思い出が頭を巡った。辛くて、胸が痛くなるようなこともあったはずだが、あまり覚えていない。

大学の授業は、三時間目が終わると午後九時四十分頃で、帰宅は十一時頃だった。入浴してご飯を食べて午前二時ころ就寝し、翌日仕事だったので睡眠は五時間くらいだった。それでも、若くて丈夫だったから、飛び回っていたものだ。仕事も頑張ったつもりだ。両親にもいろいろ心配をかけたように思う。デモに行って汚れた服装で帰宅した私に、何も聞かずに温かいココアを出してくれた母にも感謝している。父から初めて頭にげんこつを食らったのもこの時期だ。

酔った父が、「こいつと話があるねん」と、私を家まで送ってきた友人に詰め寄り、母の仲裁で事なきを得たこともあった。

映画を制作した大学映画部の淡路島での合宿や、後輩の誘いで島根県の過疎の村に行きコミューン農業を体験したこと、学生コンパにも行ったが溶け込めなかったこと、学園祭で盛り上がったこと、などなど楽しく懐かしい思い出が頭の中を駆け巡る。まだまだ、考え方は幼くて、今の私から見ると未完成の人間だったが、若かったので何でもできたような気がする。

その３　さようなら、ありがとう

「あ、掲示板が小さくなってしまったね。突然の休講は残念やったけど、ちょっぴり、うれしかったねぇ」

「うん、今となっては、台風で休校になった時の子供の気持ち、わかるわー」

四五年前の、あの当時と比べると、容量の十分の一位に縮小されたとおもわれる掲示板には、「ありがとう、天六学舎」という、B4版のメッセージが中央に張られていた。

最後に私と岩田さんは、その掲示物だけを写真に収めた。

「ありがとう、みなさん、ありがとう天六学舎！」

「さようなら、ありがとう！」

それぞれの気持ちを畳み込んで、岩田さんと私はゆっくりと天六学舎を後にした。

十　見守るとは

三日目、旅の最後の日だった。

新幹線K高原駅に着いた。いろいろ連絡を取ったが、長女、明子からの連絡は無かった。落ち込んだ気持ちを奮い起こして、私は、明子に最後のメールを送信した。

「なぜ来たの？　あなたをシカト（無視）していたのに……。話せないけど、一時間会うだけならいいです」という、よそよそしい返信があった。

明子は、五〇分過ぎても駅待合室に現れなかった。

しかし、祈るような気持ちが通じたのか、駐車場の遠くの方に明子の姿が確認できた。ジーンズにグレイの長袖Tシャツ姿で、痩せて、ふらつくような歩き方だ。髪をひっつめにし、蒼白に近い色白の顔は、目の周りに隈ができていて、かなり疲れているようだ。

待合室の長椅子に腰を下ろすなり、私に背を向けて、スマホでメールを打ってきた。私には、メールを通じての交流をしようというのだった。

「今も私は失声症です」

なってても生きています。『代わってやりたい』なんて安易な言葉は使わないでほしいです」

「あなたは私の苦しみや痛みが理解できるのですか。私は生まれてから十一回も手術をし、二十数回入院を繰り返しています。麻薬の鎮静剤で中枢神経も麻痺しそうになってても生きています。『代わってやりたい』なんて安易な言葉は使わないでほしいです」

「頑張れの言葉は嫌いです」

「崩壊した家族はいらない。仕送りも要りません」

「私のことを理解してもらえないなら、連絡は、しないでください」

たて続けに明子からのメールが届いた。それから約四〇分間、二人は背中合わせに座って、やり取りはメールだった。周りの人たちはこの二人の様子を見て変に思っていただろう。私はなりふり構わず必死で対応しようとするおばさんだった。

そして一時間が過ぎた。

これからは静観しよう。毎月の仕送りは続けていくことにしたい。「誰のおかげで」「私も忙しいんだから」「親戚づきあいもあるんだから」「頑張って」とかは言わないようにしよう。娘が病身だからと、甘やかしているかもしれない。しかし今の私が今できることは、明子への経済的援助だけなのだ。今後は、一人の成人女性として見守っていくことにしよう。会話はなかったが、私の頭の芯がキューンと波打ったような感じがした。会えて良かった。

明子は、駅裏で手を振って見送る私の前を車で二回往復した。帰っていく車が見えなくなっても、私はいつまでも、緑の田んぼの彼方を見つめていた。私はこの日から今までの考えの私とサヨナラした。

十一　星空と山ちゃん

平成二〇年。雑踏の駅から歩いて五分、天王寺区のかなり古い病院だった。廊下のタイルの黒いひび割れ、階段の滑り止めの中の埃、消毒薬の匂い。休日の静かな院内を車椅子の患者さんが、移動していた。

二階の個室、二五号室。グレイのカーテン越しに声をかけた。

「こんにちは。山《やま》ちゃん、リクエストの河童巻きを買うてきたよー」

徹子と私は病室の山ちゃんにおどけて声をかけた。すぐに、山ちゃんの弱々しい生返事のような「はいってぇ」と言う声が聞こえた。

山ちゃんは、ベッドに座って私達を待っててくれていた。

「今日はいつもより調子がいいねん。奇跡が起こったかもしれへんわ」白く、こけた頬をちょっと動かして言った。タフで明るい山ちゃんとは違う。今まで五〇センチメートルくらいの所で喋っていたのに、急に一〇メートルも向こうに行ってしまったように感じた。私と徹子は顔を見合わせて瞬きし、眉間に皺を作った。高校以来の親友の三人は、目で合図したり、秘密の合図をしたりしても喋っていたのだ。

山ちゃんのベッド脇には手鏡と、登山仲間と一緒の写真・私と徹子で去年の五月に住吉大社で写した写真が置いてあった。今していることは笑顔の練習とかで、その成果を私達に見せてくれた。

「トイレに行きたいから手を貸してくれる？」

「え？　一人で行かれへんの？」

山ちゃんは、私の肩につかまって歩き、コンクリートの冷やかなトイレに行った。山ちゃんの腕や手は、骨ばっていた。徹子はその間、窓の外の一点を表情を変えずにずっと見ていた。

山ちゃんが「三人でまた旅行に行って星空を見たいねん」と言って差し入れの河童巻きを一口食べたところで、面会時間が終わった。

私と徹子は病院を出てから、駅から逆方向に歩き続けた。無言で。

二週間後、山ちゃんは他界した。

私と徹子は今も山ちゃんと星空を見ている。

十二　時うどん

「こんちはー、おうどん食べに来ましたぁ」

今日のランチは、家から歩いて三分のところにあり、メニューがうどんのみの店に行った。他所から引っ越してきて、先週オープンしたお店だ。飾りもなく、カウンター席とテーブル席があり、十人入ればぎっしりの狭さで壁には無造作に、サインペンで書いた手書きのメニューが貼ってある。おすすめは「すぅうどん（かけうどん）」。メニューは五種類だけだ。

硬めの麺に、琥珀色の薄めのだし汁、すりおろし土生姜と天かすで食べる。先日私が行った午後二時過ぎは、お客が一人しかいなかったので、日を改めて来店することにしたのだ。なぜなら、そこでの私はお客の観察が目的なのだから。

「なにしますか」と、おかみさん。

「かけうどん一つ」と、私。

「ヘイ、大将、かけ一丁で！」

おかみさんは威勢がいい。お客とのやり取りも調子がいい。

私は、カウンター席に軽く腰を下ろすと同時に先ず、うどんをおいしそうに食べる男性の観察から始める。もちろん凝視ではなく、横目遣いの観察だ。椅子に座ったなら、割りばしの持ち方から割り方、うどんをすする音などの仕種をよく観察する。うどんのほわぁーという美味しそうな湯気と匂いにお腹の虫は騒いでも、観察は怠らないようにし、できるだけそれに近い食べ方を真似てみる。

昨日のランチは、久しぶりにインスタントラーメン「ネギみその逸品」を食べた。ラーメンよりもそばよりも大のうどんびいきの私だが、こう毎日うどんばかりでも飽きるので、比較的あっさり目だと思われるラーメンにした。

一昨日は、昼時のオフィス街のうどん専門店に行った。細うどんに、かやくご飯がついて七百円也。男性向きの炭水化物だらけの昼食だった。

なぜ、私がうどんを食べる男性の観察をし、真似ようとするのかというと、お笑い種《ぐさ》だがこれには訳がある。

翌年一月十五日の落語クラブ発表会で、私のグループの演目が、落語「時うどん」に決定したのだ。去年のリレー落語から進化して、今年は役柄になりきる形式の発表だ。四人が、喜六《きろく》（喜公《きいこう》）・清八《せいはち》（清《せい》やん）・うどん屋一・うどん屋二の役柄になりきって演じるのだ。「今、何刻《なんどき》や？」と聞いて、うどん屋の勘定をごまかして支払うという、おなじみの「時うどん」だ。喜公のボケと清やんのツッコミで、言葉のやり取りを楽しみ、笑いが前面に出る上方らしいオモロイ落語だ。

清やん「歩け歩け」
喜こう「歩いてるやないか」
清やん「もっと早よ歩けちゅうねん」
喜こう「そない早よ歩かいでもえぇやないか、寒っむぅ〜。清ぇやん寒いなぁ、けどオモロかったなぁ」
（中略）
清やん「うどん屋、一杯おくれんか」
うどん屋「へ、お越しやす。すぐにいたしますで」
清やん「長いこと待たされるん、かなんわい（ふッふッふぅ〜、ずぅ〜〜〜）ええダシ使こてるやないか。うどんちゅうのんは粉ぉが少々悪ぅても、ダシが肝心や。ホンマもんのダシ使こてるやないか、ありがたいやないか（ふッふッふぅ〜、ずッ、ずずぅ〜〜）ん、なかなか、うどんも腰がある。腰があるとこへさしてツルッとしてる、ありがたいこっちゃねぇ。「こしつる」ちゅうやっちゃ（ふッふッふぅ〜、ずッ、ずずゥ〜〜）結構けっこぉ（ずッ、ずずゥ〜〜　ずッ　ずずゥ〜〜）……」

私は、八月に師匠から、清やん役をやるように言われて、うれしくて二ページほどは練習済みだった。しかし、この、うどんをすするくだりが私にはなかなか難しい。というのは、九月二十四日に参加した第九回ちりとてちん杯全国女性落語大会の決勝大会で観た、香川県の「春日屋《かすがや》みっち」さんの『時うどん』があまりに素晴らしかったのだ。男性風の食べ方だけれど品があり、おいしそうにうどんを食べていた。女性が演じる清やんで、うどんの箸裁きや啜り具合、男っぽく、おいしそうに、口の動かし方から、その所作すべてが圧巻だった。それで、

「うどんを食べる場面の清やんの役は難しいですね。私にできるでしょうか」

難しくてもやってみたいです、と言ったつもりだったが、師匠は、いきなり役の変更を伝えた。

「ほんなら、山田さんに清やんをやってもろて、八木さんは、うどん屋さんになったらええわ。山田さんは男やから、音たててうどんすすっても平気やで」

「八木さんは、うどん屋やったらできるやろ」

（あ、ちょっと待ってください。清やんをやりたいんです！）と言いたかったが、私は声を詰まらせてしまった。師匠の言葉には暗黙の了解で反論できないことになって

いるし…、後の祭りであった。隣の席の山田さんは、もうホクホク顔になって、清やんの台詞に印を入れていて「はい、清やん役を頑張ります！」の顔つきだ。アー。私はいつもこうなんだ…後悔後悔…セリフも少し覚えて練習してあるのに…ここで取り返しはできない…ということは、次回の練習で奪還するしかないと思った。

　この日のお稽古の後、リーダーの田村さんから、

「八木さん、今日しょげていたようだけど、ハングリー精神って大切だよ。ガツガツいかないとだめだよ」とメールをもらった。田村さんはわかってくれていたんだと思って、うれしくて、一層頑張ろうと思った。

　という訳で、次回十月二十五日のお稽古日の成果で、役振りを変えてもらえる可能性も無きにしも非ずなので、役柄奪還を目指して頑張ろうとしている私、「都亭ぺんぎん」…なのだ。


　九月中旬、近所の本屋さんの私設『BB《びーびー》クラブ』（ボケ防止クラブの略とのこと）でも、一席笑ってもらった。その時、二人のおじいさんに「お客さんは想像力で聞くから、細かい説明なしでもええねん」と言われたことや「言葉と扇子・手拭いで表現して、ちょっとでも面白かったらサービスで笑ろてくれるから、頑張りなはれ。また来てや」と言っていただいたことも励みになっている。落語は、趣味の範囲なのでそ

ればかりにはかかれないが、しばらくは重点を置いて練習することにしている。

いつか、本当の笑いが取れることを夢見て都亭ぺんぎんの修業は続き、その後、清やん役は奪還することができた。

十三　ムジナから忍者になること

母が他界して二ヶ月程過ぎた。

東京に住む次女が、大阪の我が家にやって来た。私の股関節痛が夏から秋になってもなかなか良くならず、部屋の片付けも進まなくて大変なのだとメールで訴えていたら、二泊の予定で手伝いに来てくれた。

部屋に入って、開口一番「お母さん、物が有り過ぎるよ。これでは片付かない。この片付けは物を捨てることから始めないと。断捨離、断捨離しましょう」ということで、片付けが始まった。私が期待していた整頓ではなく、物を捨てることから始まったのだ。

娘三十四歳、私七十二歳。この時、ジェネレーション・ギャップ、世代間格差を痛感した。

都会の二部屋のマンションに住む娘夫婦なので物を増やさないことをモットーとしているようなのだ。いらない物は置かないようにしているとのこと。一着、服を買ったら一着捨てる、本や新聞も読み終えたらマンションの資源回収コーナーへ持って行く。私のように買い物袋や可愛い箱等を取り置くのはもっての外というのだ。

「お母さんがもしもの時は誰が後始末をすると思うの？　四人兄妹の末っ子の私に決まっているでしょ。だからその時のことをよく考えておいてよね」と言われてしまった。

　私が「お母さんがあの世に行くとしてもあと十数年後だと思うから、今から断捨離しなくても大丈夫だよ」と言うと、

「それはそうかもしれないけれどもいつ何があるかわからない世の中だし、ちゃんと考えて毎日を過ごしてね。先ず、断捨離だよ」と言われた。

　ああ、世代間格差も甚だしい。何でもかでも捨てようとする娘に、これは趣味の用品だから、プレゼントされたものだから、と言っても「二年間使わないものは、今後も使わないはずだから捨てるのが鉄則」とごみ袋にどんどん捨てられていく。思い出の品や書類は写メに取っておいたらいいと言う。まだ使えるハンカチやペンもあるが、ごみ袋行きだ。捨てたくない本を箪笥の引き出しに隠す私を見て娘は無口になった。それまで和やかだった会話も弾まず、ちょっと辛い三時間が過ぎた。娘がタオルを雑巾にして拭き掃除をしては何枚もどんどん捨てていくので、「洗えばまた使えるんだよ。もったいないでしょ」と言うと、

「またまた、もったいないお化けが出てきた。このタオルいらないって言っていたや

つだよ。雑巾にして捨てたらいいでしょ。私は何をしに来たと思っているの？　お母さんが物を捨てないからこんな物だらけの部屋になっているんじゃないの」

　ああ言えばこう返されるし…全く、母親の立ち場も何も無しに等しい。老いては子に従えか、と折れるしかなかった。娘が帰ってから、捨てるごみ袋の中から必要な物を引っ張り出して、また散らかしている自分が情けなくなったものだ。歳を取るとはこういうことなのか。

「また来るからね。今度来た時は、少しは物を減らしておいてよね」と言い残して、娘は台風のごとく帰って行った。

　以前の私の言動、今は亡き母に対してのそれに似ていると思った。足元のごみを片付けたい時に、手でせずに足を使ってしたり、洗濯物をたたむ作業を省略すると、娘から私への叱責の声が飛び交う。我慢、我慢。こんな時は我慢しないといけない。一緒に住んでいないので、老女の身体能力がこんなに低下していることがわかっていないようだ。しんどさを知ってもらうことの大事さも痛感した。そして、私にしてみれば忍ぶ人、つまり「忍者」にならなければいけないということなのか。かつて、私と母が同じ穴のムジナなので「ムジナ同盟」を心の中で結んだこともあったことを思い出した。仕方がない、今度は忍ぶ人、つまり忍者修行に励むことにするか。歳を取ることは辛いものだ。

発達障害と診断されたFさん（アーティスト）が、障害とは人と人との関係性の中で生じると言っていた事が心に突き刺さっている。身体障害ではなく、人とうまく交流することができない等の障害は特にその類だと思う。「普通って一体何なんですか」とFさんが言っていたのだが、私はわかるような気がする。それが自分の家族とすればどこまで理解できるだろうか。世間一般が普通というが、いろいろな人がいていろいろな考えがあることがわかれば、それでいいのだろうか。私にはわからなくなってきている。この頃の社会の事件をみていると、心の闇を持つ人が増えてきたのかとか思ってしまう。ジェネレーション・ギャップも心の闇かもしれない。イライラを主張したり相手に押し付けるのはいけないが、理解すると良いのだろうか。

私としては、人生いつ終わるのかわからないので残りの人生を有意義に過ごさなければと思ってしまう。コロナ禍中でも私は迷惑をかけず、ちょっと誰かの役に立つようにして、どうにかこうにか乗り越えなければいけないのだ。

忍者というのは耐えて耐えて耐え抜いた人だから忍者なのかもしれない。「忍びの者」というのは格好いいけれども、私は、忍びではない、我慢の忍の人になりたいと思ったのだった。

歳を取って身体は思うように動かなくなる。そして、周りとのギャップが生じてくるので歳を取るのは本人にとっては辛いことなのだ。亡き母が言っていた「百歳まで生きたらおめでたいと言うてもらえても、それだけ生きることはしんどくて辛いことでもあるねんや」がわかる。これからは、仕方がない、時々、忍者になって生活しよう。

後書き

団塊の世代のおばちゃんが、母の事と、自分のこれまでの事のいくつかまとめました。全く共鳴できないかもしれませんが。

歳を取ることは誰にも平等に与えられる苦役なのでしょうか。年齢を重ねると、あちこちが痛くて、夢に見ていたような悠々自適には過ごせません。七十三歳のおばちゃんは、こんなはずではなかったのにと、傷んだ老体を引きずりながらも明るく生きようと、心を入れ替えて、生きていきます。母に謝り、感謝しながら。

百歳で永眠した母へ

私と妹が「お母ちゃん、百歳まで生きてね！」と言ったものだから、辛くても娘達を安心させようと百歳まで頑張って生きてくれたのですね。コロナ禍中だったけど、お母ちゃんの仁徳と機転で、私たちは時々面会させてもらいました。

亡くなる直前に点滴の針の場所が、青黒く腫れた腕から首の横に代わっていたのを知って、お母ちゃんがどれだけ痛くて辛かったのだろうと申し訳なく思っています。

でも、もう大丈夫。ゆっくり休んでください。死後の世界のことは誰にもわからないので、何とも言えませんが。

私たちは暗黙の裡に、歳の重ね方を身近で教えてもらったことに感謝しています。

お母ちゃん、本当にありがとう。お母ちゃんとムジナ戦争をしたから、私はお一人様でもちっとも寂しくないですよ。これからは自分の時間を上手に過ごすことにします。

著者プロフィール

八木 宇美（やぎ うみ）

大阪府出身。昭和24年生まれ（団塊の世代）。
結婚と共に34年間、他県で居住する。
子供は4人。義母と約15年同居。
退職後、離婚を経て実母と同居し、老老介護を経験。
2021年9月に母親が他界。
ありきたりの人生を歩むおばちゃん。
大阪府在住。

ムジナハウスの店じまい

2022年10月15日　初版第１刷発行

著　者　八木 宇美
発行者　瓜谷 綱延
発行所　株式会社文芸社
〒160-0022　東京都新宿区新宿1－10－1
電話　03-5369-3060（代表）
03-5369-2299（販売）

印　刷　株式会社文芸社
製本所　株式会社MOTOMURA

ISBN978-4-286-23982-8